Episode1
두뇌파 정상 결전!! 영문 모를 코타로의 위기?!
간호 권리를 차지하기 위한 키리하 VS 엘파리아의 두뇌전!
단칸방의 침략자!? 33

과거의 유리카,
마법소녀가 되는
첫걸음?!
Episode2
병아리 데이즈
유리카와 나나의 만남이 밝혀진다!

Episode3
추억의 장소에서
키리하와 마키, 추억의 장소에서 우연히 만나다
유원지에서
추억의 이야기꽃을 피우다?

『파트너』는 이윽고
『연인』으로──
Episode Clariausa
증폭회로에 관한 이모저모
이번 『if』는 클란 루트!

단칸방의 침략자!? 33

글 : 타케하야
그림 : 뽀코
옮긴이 : 원성민

목차

코로나장의 주민
아이카 마키
전직 다크니스 레인보우 소속
악의 마법소녀.
지금은 코타로와 마음이 통하는
사토미 기사단의 충신.
마법소녀 (포르사리아 마법왕국)
유령 상태
히가시혼간 사나
코타로에게 들러붙었던 유령 소
지금은 본체로 돌아가 생기발랄
유령 소녀
니지노 유리카
사랑과 용기의
마법소녀 레인보우 유리카.
허당이지만 할 때는 하는
마법소녀로 성장.
티어밀리스
그레 포르트제
청기사의 주인이자
은하황국의 공주님.
황녀의 풍격을 드러내기 시작
했지만 쉽게 발끈하는 기질은
여전하다.
루스카니아
나이 파르돔시하
티아의 호위이자 시종.
동경하던 청기사를 모시게 돼서 대만족.
알라이아 공주
클라리오서
다오라 포르트제
2천 년 전 포르트제에서
코타로와 살아남은 파트너.
황녀로서도 기술자로서도
성장 중.
나르파 라울레인
정식으로 포르트제에서 온 유학생.
코타로 일행과는 신비로운 인연이
있는 듯한데……?
사쿠라바 하루
2천 년의 시간을 뛰어넘은
알라이아 공주의 환생.
사랑하는 사람과 평범하게
살 수 있는 지금이
무척이나 소중하다.
우주인 (신성 포르트제 은하황국)

캐릭터 세력도

카사기 시즈카

코타로의 동급생이자
코로나장의 주인.
그 몸에는 화룡제 아르나이아가 깃들어 있다.

쿠라노 키리하

추억 속 인물을 마침내 찾아낸 지저인 공주님.
명석한 두뇌를 이용해서
사랑의 밀고 당기기에서도 최강 클래스.

지저인 (대지의 백성)

사토미 코타로

코로나장 106호실의
일단은 정당한 계약자이자
주인공이며 청기사.

마츠다이라 켄지

코타로의 친구 겸 악우.
살짝 경박하지만
좋은 이해자이다.

마츠다이라 코토리

켄지의 여동생이지만
오빠와 다르게 내성적인 소녀.
신입생으로
킷쇼하루카제 고교에 입학한다.

코타로의 소꿉친구

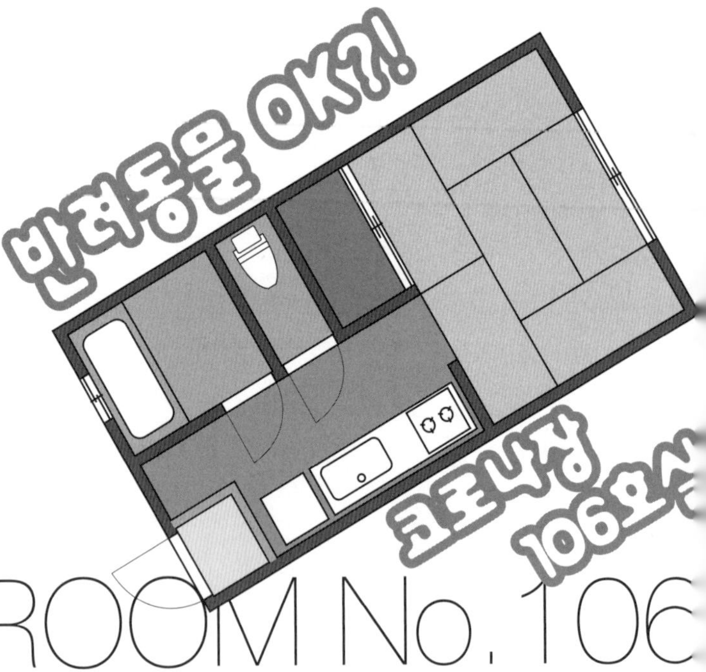

ROOM No.106
CORONA-SOU

Episode 1

두뇌파 정상 결전!! 영문 모를 코타로의 위기?!

같은 세대 청소년과 비교했을 때, 코타로와 친구들에게는 거리에 구애받지 않는다는 훌륭한 이점이 있다. 티아의 『청기사』나 클란이 가진 『으스름달』의 힘을 쓰면 가고 싶을 때 가고 싶은 곳으로 놀러 갈 수 있다. 한겨울에도 수영이 하고 싶으면 남반구나 적도 근처로 가면 된다. 마음이 내키면 오전에 등산하고 오후에 바다 수영을 하는 무모한 짓도 가능하다. 놀기 좋아하는 한창때 청소년에게는 아주 환상적인 환경이라고 할 수 있다.

이날은 그 이점을 살려 스키장에 왔다. 바쁜 생활에 짬을 내서 온 2박 3일 스키 여행은 코타로와 소녀들이 기다리고 기다리던 대형 이벤트였다.

"코타로, 최상급 코스로 가자꾸나! 어서 따라오거라!"

"여기 초장거리 삼림 코스는 안 갈 거야?"
"거긴 나중에 갈 게다! 당연히 전부 다 돌아봐야지!"
"그것도 그렇군. 더 갈 사람 있어?"
"아, 나도 거기로 갈래. 재밌을 것 같아!"

스키를 비롯한 겨울 스포츠를 한다고 하면 체력에 자신 있는 세 사람— 코타로와 티아, 시즈카는 눈빛이 달라진다. 학교 행사로 스키 여행 비슷한 것을 몇 번 경험해봤기 때문에 세 사람은 이미 스키와 스노보드 기술을 체득했다. 세 사람은 별다른 준비 없이 어려운 코스에 도전하기로 했다.

"삼림 코스에 갈 때 불러주세요. 저도 가고 싶어요."
"우리가 감 잡을 때까지 좀 기다려주면 덧나? 어휴……."
"저 세 명이 최상급 코스에 간 사이에 눈밭에 익숙해지도록 하지."
"저는 조금씩 페이스를 올리려고요."

마키와 사나에는 코타로와 붙어 있고 싶었지만 안타깝게도 기술적인 부분에서 문제가 있었다. 두 사람 다 겨울 스포츠 경험이 부족했다. 키리하는 상황이 조금 다른데, 강사 역할을 하기 위해 남기로 했다. 키리하는 코타로와 티아를 따라가려면 얼마든지 갈 수 있었으나, 그러면 초심자들에게 스키나 스노보드를 가르쳐 줄 사람이 없어진다. 다른 사람들을 배려한 판단이었다. 하루미는 순수하게 체력이 문제였다. 초반에 실컷 놀아버리면 체력이 하루도 못 버티게 된다.

"저희는 이번 기회에 설상 데이터를 수집해야겠네요."

"반자동 스노보드도 데이터가 없으면 속 빈 강정이나 마찬가지여요."

루스와 클란은 성질이 다소 달랐다. 두 사람은 자신들의 운동능력을 객관적으로 파악하고 있었기 때문에 과학기술로 핸디캡을 극복하기로 했다. 그래서 두 사람은 초심자가 타도 넘어지지 않는 스노보드를 준비했는데, 그렇다고 기초적인 데이터를 쌓기도 전에 대뜸 상급 코스에 가는 것은 위험하다. 그래서 우선 마키, 사나에와 함께 가자고 판단했다.

"뭐가 재밌어서 이런 추운 곳에서 노는 걸까요오……."

"어라, 유리카 양은 이런 거 안 좋아하나요?"

"온천에서 멍하니 있고 싶어요오."

유리카와 엘파리아는 일찌감치 포기했다. 유리카가 포기한 이유는 뻔하지만, 엘파리아는 단순히 지구식 겨울 스포츠가 처음이기 때문이었다. 기술 운운하기 이전에 스키장이 무엇인지부터 배워야 했다.

코타로 일행이 최상급자 전용 코스로 가버리자 남은 소녀들과 엘파리아는 각자 연습을 시작했다. 마키와 사나에, 그리고 클란과 루스 네 사람은 혼자서 어떻게든 하려고 했다.

마키와 사나에는 감만 잡으면 수월하게 탈 수 있는 실력이었고, 클란과 루스는 데이터만 모으면 도구가 알아서 눈 위를 미끄러질 터였다. 그래서 혼자서는 아무것도 할 수 없는 유리카와 엘파리아는 각각 하루미와 키리하가 봐주기로 했다.

"왜 넘어지는 연습이 필요한가요오?"

"슬로프에서는 잡아줄 사람이 아무도 없으니까요."

유리카의 스키 강사는 하루미가 맡았다. 하루미는 기술적인 부분에선 아무런 문제가 없으므로 유리카에게 가르쳐줄 수준은 되었다. 또한 유리카도 그녀를 존경하기에 말을 잘 듣는다는 장점도 있었다.

"아플까요오?"

"쉽게 생각하면 크게 다칠 거예요. 상황에 따라서는……."

"꼭 가르쳐주세요! 열심히 할게요오!"

게다가 유리카는 코타로와 스키를 타지 않고 도망가면 벌을 받겠다는 약속까지 해버렸으니 눈 위에 무사히 서는 기술을 습득하는 게 급선무였다.

"아하, 몸을 통째로 판에 고정하기 위해서 이렇게 그냥 걷기도 힘든 신발을 신는 거군요."

"네. 그러면 무게중심만 움직여도 판의 각도를 조정할 수 있으니까요."

"구조를 보아하니, 판의 안쪽과 바깥쪽의 날카로운 부분을 경사면에 세우는 게 기본 이미지인 것 같네요?"

"정확히 보셨습니다."

엘파리아는 지구식 겨울 스포츠 문화를 전혀 모르기 때문에 아무것도 할 수 없는 상태였다. 대신 그녀에겐 체력이 있고 머리회전도 빠르다. 덕분에 키리하가 가르치는 내용을 순식간에 흡수한다. 그녀가 그럭저럭 스키를 탈 수 있게 될 때까지는 몇십 분도 걸리지 않을 터였다.

"아차, 차차차……."

"잘 타시는군요, 폐하."

"키리하 양. 공치사랑 존경심을 빼고 말해줄래요?"

"판을 제어하려는 의지가 너무 강합니다. 어느 정도 경사면의 형태에 맞춰도 괜찮습니다."

"그러는 편이 더 빨리 익숙해지겠네요. 잠시 동안은 그렇게 말해줘요."

"알겠습니다."

키리하는 티아에게는 대등한 눈높이로 말하지만 엘파리아에게는 경의를 담아 대화했다. 키리하는 일국의 공주이므로, 자연스럽게 일국의 주인인 엘파리아를 존중했다. 하지만 스키 강사 입장에서 존경심은 방해되기 때문에 엘파리아는 키리하가 솔직하게 말해주길 원했다.

『얘들아~.』

『어마마마—!』

그렇게 엘파리아가 눈 위에서 어설프게나마 스키를 타기

시작했을 즈음. 위쪽에서 익숙한 목소리가 들려왔다. 나란히 리프트를 탄 코타로와 티아의 목소리였다. 두 사람은 소리를 지르며 즐겁게 손을 흔들고 있었다.

"떨어지지 않도록 조심하세요!"

『알았어요! 어마마마도 조심하세요!』

"여긴 걱정 마라, 사토미 코타로!"

『알았어!』

코타로와 티아는 짤막한 대화를 나누고 엘파리아와 키리하 머리 위를 지나갔다. 그리고 이번에는 시즈카가 혼자 리프트를 타고 왔다.

『키리하~ 이 리프트 좀 기울어지지 않았어~?』

시즈카는 리프트가 기운 것을 걱정하고 있었다. 딱히 무서워서 그런 것은 아니었다. 여자 혼자 타고 있는데도 필요 이상으로 기울어진 게 부끄럽다는 생각 때문이었다.

"괜찮아—! 원래 그런 거다—!"

『고마워~!』

키리하는 여자 혼자 리프트에 탔을 때 정확한 기울기에 관한 지식이 있지는 않다. 그러나 이 상황에서 진실은 큰 가치가 없다. 키리하는 그 사실을 알기 때문에 구태여 다른 리프트가 어떤지 확인하지 않고 본인의 주관을 바탕으로 대답해서 시즈카를 보냈다.

"……키리하 양, 솔직히 당신도 저쪽으로 가고 싶었죠?"

계속 리프트 기울기를 걱정하는 시즈카. 그 앞에 있는 코타로와 티아. 리프트에 탄 코타로와 티아는 둘이서 재잘대다가 간혹 주먹으로 서로 때리곤 했다. 그 친밀한 모습은 거리가 멀어진 지금도 확실하게 보였다. 엘파리아는 타인의 감정 변화를 민감하게 느끼기 때문에 사실은 키리하도 코타로 옆에 앉아 있고 싶을 거라는 생각이 들었다.

"그런 마음이 없다고 하면 거짓말이겠습니다만, 지금 그렇게 해버리면 티아 황녀가 가여우니까요."

"키리하 양은 어른이네요."

"이건 서로 자연스럽게 하는 일입니다. 티아 황녀도 제가 코타로와 무언가 하고 있을 때는 끼어들지 않아요."

"……후후후, 여러분에게는 여러분만의 배려가 있는 거군요."

엘파리아는 눈을 가늘게 뜨며 온화하게 웃고는 멀어지는 코타로와 티아의 뒷모습을 재차 보았다. 엘파리아는 평소에 본인의 마음을 철저히 억누르고 있기 때문에 지금 표정만으로는 속내를 헤아리기 어렵다. 그러나 키리하는 그녀의 감정을 알 것 같았다. 엘파리아는 첫사랑을 20년 만에 다시 만났다. 키리하는 기다린 시간은 절반이긴 하나 그녀와 비슷한 경험을 했다. 그래서 키리하는 사실은 엘파리아야말로 코타로 곁에 앉아 있고 싶었던 게 아닐까 하고 생각했다.

코타로와 티아, 시즈카가 향한 상급자 코스까지는 리프트를 세 번 갈아타야 한다. 리프트마다 10분 남짓 타야 하므로 기슭에서 상급자 코스로 가는 데에만 40분 가까이 걸린다. 그리고 슬로프를 내려와야 하니까 코타로 일행이 키리하 일행이 있는 곳에 돌아온 것은 헤어지고 나서 한 시간 넘게 지난 후였다.

"앗, 코타로가 돌아왔어!"

맨 먼저 알아차린 사람은 역시 사나에. 그녀는 조금 전부터 본인을 중심으로 반경 수백 미터의 영파를 감지하고 있었기 때문에 그 범위에 코타로가 들어온 순간부터 그의 존재를 감지했다. 그녀는 코타로가 돌아오기를 이제나저제나 기다리는 중이었다.

"어디요?"

"저기, 저기!"

"아직 보이진 않네요."

"저기 툭 튀어나온 곳 너머에 있어. 곧 보일 거야."

계속 기다렸던 것은 마키도 마찬가지다. 마키와 사나에는 스키어들을 방해하지 않기 위해 구석에 멈춰 서서 슬로프 위쪽을 바라보았다. 그러자 클란과 루스도 두 사람 곁으로 다가왔다.

"안경순이, 꼭 그렇게 타야 하는 거야? 너무 직선적이라서 이상해."

"제 기량이 올라갈 때까지는 안 될 것 같사와요. 그렇게 설계했거든요."

클란과 루스는 스노보드를 타고 왔는데, 두 사람의 보드는 자동으로 균형을 잡아주는 기능을 갖추고 있어서 극단적으로 안정적이었다. 누가 보아도 스키의 스 자도 모르는 생초보인데 안정성만큼은 프로급인 셈이다. 내막을 모르는 사람이 보면 다소 의문을 느낄 만한 상태였지만, 정작 클란은 개의치 않았다. 이런 모습은 보조기능이 강하게 작용한 결과이므로 클란과 루스의 기량이 상승함에 따라 완화된다. 따라서 머지않아 부자연스러운 모습이 사라질 터였으니 클란은 딱히 문제라고 생각하지 않았다.

"그런데 사나에 님, 마키 씨. 왜 멈추셨나요?"

"아, 그렇지. 무슨 일 있나요?"

오히려 클란과 루스의 문제는 사나에와 마키가 갑자기 멈춘 것이었다. 사나에와 마키가 갑자기 멈추더니 슬로프 위쪽을 바라보았기 때문에 궁금했던 두 사람은 이곳으로 다가왔다.

"코타로네가 곧 돌아올 거야. 저길 봐."

사나에가 슬로프 위쪽을 가리킨 순간. 코타로와 티아, 시즈카의 모습이 시야에 들어왔다. 상급자와 중급자 슬로프를 제패한 세 사람은 초심자 슬로프로 돌아왔다.

"사토미 군! ……어라, 상태가 좀 이상해 보이네요?"

모습을 드러낸 코타로 일행을 보고서 마키는 살짝 미소를 머금었다가, 이내 의아한 듯이 고개를 갸우뚱했다. 초심자용 슬로프인데도 속도가 너무 빨랐다. 이곳에서 그런 스피드로 타면 다른 스키어나 보더를 방해하게 된다. 하지만 아무리 즐겁더라도 세 사람이 그런 폐를 끼치리라는 생각은 들지 않았다.

『도~와주세요오오오오오오오오오오오오오옷!』

그리고 마키의 의문은 곧바로 해소되었다. 분홍색의 무언가가 슬쩍슬쩍 보이는 거대한 눈덩이가 코타로 일행 뒤에서 나타났다. 눈덩이는 마치 유도 미사일처럼 아름다운 궤적을 그리며 앞쪽에서 미끄러져 내려가는 코타로 일행을 추격했다. 코타로 일행은 이 눈덩이로부터 달아나기 위해 속도를 내고 있던 것이다.

『유리카, 저리 가아아아아앗!!』

『이 상황에서 어떻게요오오오오!!』

“앗…….”

퍼억—!

아무리 스키가 빠르다 해도 브레이크 없이 전력으로 구르는 눈덩이보다는 느리다. 걱정스레 바라보는 마키 일행 앞에서 코타로는 눈덩이에 치였다.

하루미의 꼼꼼한 가르침에도 불구하고 자빠지고 만 유리카는 거대한 눈덩이로 성장하면서 때마침 근처를 지나가던 코타로 일행을 따라 구르기 시작했다. 그러나 다행히도 눈덩이에 치인 코타로는 다치지 않았다. 눈이 적절하게 쿠션 역할을 해서 눈덩이의 충격을 분산시켜 주었다. 그런데 눈에 파묻혀서 몸이 식어버린 탓인지, 코타로는 오후에 접어든 무렵부터 열이 나기 시작했다. 그런 상태로 어차피 큰일은 아니겠거니 생각하며 계속 스키를 타다가 상태가 급속도로 악화되었고, 저녁 무렵에는 누가 보아도 알 수 있을 만큼 확실하게 감기에 걸리고 말았다.

"바보로군, 사토미 코타로."

"어쩔 수 없잖아. 스키 탈 기회가 자주 있는 것도 아닌데."

코타로는 지금 호텔 방에서 쉬고 있다. 이마에 얹어 두었던 젖은 수건을 얼음물에 적시면서 키리하가 웃었다. 위급한 상황에는 그 누구보다도 믿음직스러운 코타로. 그런데 이런 모습을 보면 못 미덥달까, 어린아이 같다는 느낌을 씻을 수 없었다. 하지만 키리하는 본인이 한 말만큼 그가 그렇게까지 바보 같다는 생각은 하지 않았다. 그가 무의식적으로 자신들에게 그런 방식으로 의지한다는 것을 알기 때문에 키리하는 오히려 기뻤다.

"레이오스 님, 뭐라도 좀 드실래요? 거동이 불편하시면 제가 직접 먹여드릴게요."

"아까 다른 애들 등쌀에 많이 먹었으니까 마실 것만 줘."

"네, 금방 드릴게요."

방에는 키리하 말고도 코타로를 간호하는 사람이 한 명 더 있었다. 다름 아닌 스키를 탈 때도 키리하와 함께 있던 엘파리아다. 엘파리아는 일단 최연장자라서 명목상 이 여행의 인솔자다. 실질적인 인솔자인 키리하와 함께 남은 것도 지극히 자연스러운 흐름이었다.

쭈읍—.

"음~."

"야, 무슨 짓이야?"

"……크흠. 그야, 주스를 입으로 직접 옮겨드릴까 했죠."

쭈읍—.

"음~."

퍽!

"……크흠. 아이 참~ 뭘 그렇게 부끄러워하세요, 레이오스 님. 저랑 레이오스 님 사이에."

"대체 무슨 사이인데?"

"미모의 엄마랑 의붓아들이죠."

"헛소리가 술술 나오는군."

하지만 키리하가 보기에 엘파리아는 딱히 인솔자 역할을 수행하려고 남은 것 같지는 않았다. 굳이 따지자면 본인이 남고 싶어서 남은 듯했다.

'—입으로는 20년 전 일이니 미련을 버렸다고 하시지만, 사람의 마음이란 그리 쉽게 정리할 수 있는 게 아니야……. 특히 엘파리아 폐하의 만남과 이별에는 양쪽 모두에게 아무런 잘못이 없으니까…….'

그녀의 딸 티아와 다른 소녀들을 생각하기에, 그리고 20년이라는 단절 때문에, 그녀는 항상 농담이라는 갑옷을 입고 행동한다. 그러나 그 갑옷 너머에는 지금도 여전히 사모하는 마음이 타오르고 있는 게 아닐까— 자신도 비슷한 경험을 해본 만큼 키리하는 그렇게 생각할 수밖에 없었다.

코타로가 잠들자, 간호를 담당하던 두 사람은 식사하기 위해 방에서 나왔다. 돌아오는 길에 키리하는 호텔 게임 코너를 살펴보았다. 사실 이 호텔은 게임 코너에도 공을 꽤 들였다. 악천후에는 스키도 스노보드도 탈 수 없으므로 투숙객을 즐겁게 하기 위한 시설을 충실하게 갖춰두었다.

"……흠, 이거라면……."

멀찍이서 각종 게임기를 확인한 키리하는 슬쩍 미소 지었다. 그리고 나란히 걷고 있던 엘파리아에게 말을 걸었다.

"폐하, 잠시 지구식 게임을 즐겨보시는 건 어떠신지요?"

"게임이요? 레이오스 님이 주무시고 계시는데……."

엘파리아는 어디까지나 코타로의 간호를 우선시하고 싶은 듯했다. 그녀는 코타로의 방 쪽을 계속 신경 쓰고 있었다.

"잠깐 정도는 괜찮지 않을까요? 그리고 만약 폐하께서 스키 여행 내내 간호만 했다는 걸 알게 되면 코타로는 슬퍼할 겁니다."

"그럴지도, 모르지만……."

"그래서 생각해 봤는데, 저와 폐하가 게임으로 대결해서 진 사람이 간호를 맡는 건 어떤지요? 이긴 사람은 자유롭게 개인 시간을 갖고요."

키리하는 부드럽게 웃었다. 애초에 두 명씩이나 간호를 맡을 필요는 없다. 게임으로 승패를 겨루며 교대로 즐겁게 하는 게 부담도 덜하고 효과적이다— 하지만 이는 표면적인 이유다.

"……그럼 그렇게 할까요? 안 질 거예요, 키리하 양."

"멋진 승부를 기대하겠습니다, 폐하."

사실 키리하는 이 대결을 이용해서 하고 싶은 일이 있었다. 그래서 일부러 이런 게임 대결을 제안한 것이었다.

'이제 폐하를 이기기만 하면 되는데…… 강적이로군…….'

키리하는 엘파리아와 코타로, 둘만 있게 해주고 싶다고 생각했다. 하지만 엘파리아는 티아나 다른 소녀들을 위하느라 정작 그녀 자신은 그러기를 바란 적이 없었다. 슬로프에서 키리하가 티아에게 양보한 것과 같은 맥락이다. 그렇기에 이런 방법이 필요했다. 엘파리아에게 패배했으니 어쩔 수 없다— 이런 식으로 절대 자신의 의지가 아니라는 변명을 마련해야겠다고 키리하는 생각했다.

하지만 엘파리아도 바보가 아니다. 연장자로서 연륜이 있거니와, 지위 덕분에 눈치 싸움이나 교섭에서 훌륭한 실력을 자랑한다. 현 시점에서 키리하에게 특정한 목적이 있음을 이미 파악했다고 간주해야 마땅할 터였다. 그렇다면 괜히 배려해줄 필요는 없다. 엘파리아가 이기고자 할 가능성은 매우 높다. 진지하게 임하는 그녀를 이기려면 걸맞은 노력이 필요하다. 천하의 키리하에게도 쉬운 상대가 아니었다.

키리하가 엘파리아와 대결하기 위해 선택한 게임은 메달 게임 코너에 비치된 룰렛이었다. 룰렛은 공을 던져서 빨간색과 검은색으로 나뉜 회전판의 어떤 지점에 공이 떨어질지 예측하는 정통파 도박이다. 이번에 선택한 게임기는 완전 자동화되어 룰렛 자체도 3D CG로 구현한 메달 게임인데, 기본적인 규칙은 실물 기계와 같았다. 어떤 숫자가 나올지, 어떤 색이 나올지 예측하고 메달을 걸어서 불리는 게임이었다.

이번에는 각자 20개의 메달을 갖고 시작해, 룰렛을 총 다섯 번 돌리고 마지막에 메달이 더 많은 사람이 승리한다.

한쪽의 메달이 다 떨어질 때까지 무제한으로 진행하는 대결이라면 리스크를 최소한으로 줄이고 안정적으로 메달을 버는 게 좋다. 하지만 이번처럼 룰렛을 돌리는 횟수에 제한이 있다면 눈치 싸움이 중요하다. 메달을 아예 베팅하지 않고 20개를 유지해도 되고, 아예 첫판에 올인해도 된다. 어쨌거나 다섯 번을 돌린 후에 상대보다 메달이 하나라도 더 많으면 이기는 것이니 다양한 전략이 생긴다.

'이런 룰에서는 선수를 빼앗기면 위험해. 일단 폐하보다 하나라도 더 많이 얻어야…….'

키리하의 작전은 기본적으로 공격이었다. 만약 첫 번째 판에서 엘파리아가 앞서 나가면, 그 후에 엘파리아가 키리하를 따라 하기만 해도 역전하기 어려워진다. 그렇다고 너무 공격적으로 나갔다가 크게 져도 결과는 똑같다. 그러니 일단 확실하게 이기는 게 중요했다.

"아하, 처음에는 어떻게 할지 정하는 게 어렵네요."

"네. 서로 어디에 몇 개를 거는지 다 보이니까요."

이 메달 룰렛 게임은 공이 던져지기까지 1분의 대기시간이 주어진다. 그 사이에 몇 군데든 마음대로 메달을 베팅할 수 있는데, 서로 어디에 몇 개를 베팅하는지 다 보이므로 먼저 움직이면 상대가 그걸 참고해서 베팅하게 된다. 때문에 두 사람은 제한 시간이 끝나기 직전에 거의 동시에 움직였다.

"후후후, 처음에는 둘 다 안정적으로 시작하는군요."

엘파리아는 빨간색에 네 개를 걸었다. 회전판에는 열여덟 개의 빨간색, 열여덟 개의 검은색, 0과 00을 합쳐서 총 서른여덟 개의 칸이 있다. 그리고 빨간색에 걸어서 당첨되면 판돈의 두 배를 받을 수 있다. 확률적으로는 거의 반반에 가깝고, 20개로 시작하는 5회 게임이므로 네 개를 거는 것은 적절한 연습게임이라고 할 수 있었다.

"시작부터 크게 질 수는 없으니까요."

키리하도 비슷하게 베팅했다. 키리하는 홀수에 네 개를 걸었다. 홀수 역시 열여덟 개가 있으므로 베팅 배율도 똑같이 두 배. 보기에는 다르지만 같은 결과가 나오는 베팅이라 할 수 있었다.

키리하는 엘파리아가 빨간색과 검은색 중 하나에 베팅할 것으로 짐작하고 같은 결과가 나오거나 큰 차이로 이어지는 빨간색과 검은색을 피했다. 만약 두 사람이 빨간색과 검은색을 두고 베팅한다면 나올 수 있는 결과는 여덟 개 차이와 동점의 두 가지뿐이다. 그런데 빨간색과 검은색, 짝수와 홀수로 다르게 베팅하면 여덟 개 차이, 네 개 차이, 동점으로 세 가지 결과가 나온다. 키리하는 현 시점에서는 리스크를 분산하는 게 낫겠다고 판단했다.

드르르르르르륵…….

둘 다 제한 시간이 끝나기 직전까지 기다렸다가 베팅했기 때문에 공과 회전판은 바로 움직이기 시작했다. 공은 회전판 가장자리를 몇 바퀴 돌다가 칸막이 부분에서 몇 번 튀어 오른 후 5라고 새겨진 칸에 들어갔다.

"어머나."

"이거 쉽지 않겠는데요?"

5번 칸은 빨간색에 홀수다. 즉 엘파리아와 키리하 모두 여덟 개의 메달을 얻어서 사이좋게 스물네 개로 늘어났다.

"후후후, 연습게임을 한 의미가 없네요."

"그렇다면 이번에야말로 연습게임처럼 해봐야겠군요."

두 사람 모두 자신만만하게 웃었다. 물론 서로 표정만 그렇다는 것을 잘 알았다. 두 사람은 미소 뒤로 상대방의 속내를 열심히 탐색했다. 어떤 타이밍에 승부수를 띄울지 필사적으로 파악하려고 했다.

전황에 큰 변화가 생긴 것은 네 번째 게임이었다. 세 번째 게임이 끝난 시점에서 두 사람의 메달은 키리하가 스물여섯 개, 엘파리아가 스물네 개로 키리하가 조금 앞서고 있었다. 그런데 여기서 엘파리아가 과감한 움직임을 보였다. 스물네 개 중에 열두 개를 써서 1번부터 12번 사이에 나온다는 조건에 베팅했다. 0과 00을 제외하고 생각하면 1/3 확률로 세 배의 배당이 돌아오는 베팅이다. 엘파리아는 메달이 열두 개로 줄어들거나 마흔여덟 개로 불어나는 과감한 승부수를 띄운 것이다.

“이 타이밍에 나서다니!”

이때 키리하는 아직 승부처라고 보지 않았기 때문에 초반보다 더 많은 여섯 개를 빨간색에 베팅했다. 그리고 이번에도 제한 시간 직전까지 기다렸다가 베팅했기 때문에 변경할 짬이 없었다. 이대로 게임을 진행해야 했다.

“두 번의 게임을 하나로 합쳐서 생각할 수도 있잖아요!”

엘파리아는 네 번째 게임과 다섯 번째 게임을 합쳐서 하나의 게임으로 생각했다. 1/3 베팅이 실패할 가능성은 2/3이다. 하지만 두 번 수행하면 둘 다 실패할 확률은 4/9. 아주 불리하지만은 않은 게임이었다.

드르르르륵…….

두 사람이 숨을 죽이고 지켜보는 가운데, 공은 회전판의 칸으로 미끄러져 들어갔다. 칸에 새겨진 숫자는 9. 색은 빨간색. 둘 다 당첨이었다.

“좋았어!”

“큭!”

둘 다 당첨되었지만 반응은 정반대였다. 엘파리아는 힘차게 승리의 포즈를 취했고 키리하는 씁쓸한 표정으로 어금니를 꽉 깨물었다. 키리하도 당첨돼서 메달이 서른두 개로 늘었지만 엘파리아는 마흔여덟 개. 키리하는 큰 차이로 역전

당하고 말았다.

'아무래도 계획대로 흘러가는 것 같네…….'

엘파리아가 네 번째 게임에서 승부수를 띄운 이유는 확률이나 메달 개수 문제만이 아니었다. 실은 키리하가 패배하는 무드를 연출하려는 노림수도 있었다. 결과적으로 키리하도 메달을 획득했음에도 불구하고 진 기분에 사로잡혔다. 확률이 같다면 승패는 빠르게 내야 한다. 엘파리아가 인생의 선배로서 터득한 눈치 싸움의 철칙이 도출한 결과였다.

'진정하자, 키리하……. 여기서 당황하면 게임을 시작한 의미가 없어져…….'

물론 키리하도 엘파리아가 노리는 바는 잘 알고 있었다. 하지만 이 룰렛을 시작한 이유가 몹시 감정적인 까닭에 키리하는 평소보다 냉정함을 약간 잃기는 했다. 덕분에 엘파리아가 노린 대로 키리하의 마음은 조급해지기 시작했다. 진짜 성인 여성인 엘파리아와, 어른스럽지만 실제로는 아직 청소년인 키리하는 아무래도 감정을 제어하는 능력에서 차이가 날 수밖에 없었다.

"자, 이제 마지막 게임이네요."

엘파리아는 자신이 노린 대로 게임이 진행돼서 기분이 좋았다. 그녀는 활기찬 목소리로 키리하의 심리를 흔들었다.

"……."

키리하는 마음을 추스르려고 몇 번 심호흡을 했지만 큰

효과는 없었다. 제한 시간은 단 1분. 1분이 이토록 짧게 느껴지는 건 이번이 처음이었다.

'역시 엘파리아 폐하로군…….'

엘파리아가 유리한 상황. 사실 그녀는 이번에 베팅하지 않아도 된다. 가만히 있어도 메달이 마흔여덟 개이니까 서른두 개인 키리하를 이길 가능성이 있었다. 반면에 키리하는 반드시 베팅해야 한다. 엘파리아가 베팅하지 않고 넘어갈 경우를 고려하면, 최소한 마흔여덟 개를 넘겨야 하므로 배당률이 세 배인 두 곳에 열여섯 개를 베팅하는 등의 대책이 필요하다. 물론 엘파리아도 그것을 전제로 움직일 것이다. 리스크를 피하고 메달을 조금 얻으려고 할 수도 있고, 아니면 키리하와 같은 식으로 움직일지도 모른다. 넓게 보면 엘파리아는 키리하가 승리할 가능성을 줄이는 베팅법을 노릴 것이다. 궁지에 몰린 키리하는 마흔여덟 개를 목표로 하거나, 아니면 더 큰 승리를 노리는 중대한 결단을 내려야만 했다.

"어쩔 수 없군. 썩 좋은 방법은 아니지만……."

그리고 키리하는 결정했다. 실제로 어떻게 될지 알 수 없어서 지양했던 수법이지만, 이 상황에서는 조금이라도 가능성이 있는 수단으로 싸울 수밖에 없었다.

"끝내볼까요!"

"어머나, 정말 대담하게 베팅했네요."

엘파리아는 키리하가 배당률 두 배짜리 베팅으로 이기는

걸 막기 위해, 메달을 분산해서 여러 곳에 베팅했다. 키리하가 막판에 공세에 나설 것을 짐작하고 내린 판단이었다. 그런데 키리하는 두 배짜리가 아닌 세 배짜리에 베팅했다. 이렇게 할 경우 이번 판에서 이기면 최종적으로 승리자가 되지만, 아무리 보아도 엘파리아가 유리한 상황이었다.

드르르르르르륵…….

키리하는 기도하는 심정으로 룰렛을 쳐다보았다. 이기는 게 목적인 건 아니지만, 이겨야만 자신의 목적을 이룰 수 있다. 자신의 승리를 확신한 듯한 엘파리아와는 대조적인 모습이었다.

도로록.

"좋았어!"

"후후후…… 훌륭해요, 키리하 양."

결과는 키리하의 승리. 결과를 확인한 키리하는 무심코 그녀답지 않은 승리 포즈를 취했다. 키리하의 베팅 내역은 25번과 36번 사이의 숫자가 나오는 것. 그리고 공은 29번 칸에 들어갔다.

"그런데…… 왜 마지막에 거기에 베팅했나요? 키리하 양의 선택 치고는 꽤 비논리적으로 보이는데요."

"이 룰렛이 생성하는 난수가 완전한 무작위가 아닐 가능성에 베팅해봤습니다, 황제 폐하."

키리하는 그렇게 말하며 살짝 미소 짓고는 머리 위의 모니터를 올려다보았다. 모니터에는 이 룰렛 게임기에서 진행된 과거 스무 번의 게임 결과가 표시되어 있었는데, 비교적 작은 숫자가 많은 것 같았다. 키리하는 그것을 참고해서 앞으로 나올 숫자를 추측했다.

이 룰렛 게임기는 3D CG로 구현한 것이라서 컴퓨터가 생성한 난수가 공이 어느 칸에 들어갈지 결정한다. 이것을 생성하는 방식으로는 여러 개가 있는데, 이때 키리하는 난수열 생성 공식을 쓰고 있을 가능성에 베팅했다. 쉽게 말해 완전한 무작위가 아니라는 뜻이므로, 이제까지 작은 숫자가 연속으로 나왔으니 다음에는 큰 숫자가 나올 가능성이 어느 정도 높지 않을까 생각한 것이었다.

물론 이 추측에는 별다른 근거가 없다. 실제로는 전혀 그런 식으로 돌아가지 않고 단순히 키리하가 운이 좋아 이겼을 가능성이 훨씬 클 것이다. 게다가 정말로 난수열 생성 공식을 사용한다 하더라도 방식에 따라서는 키리하의 추측이 무의미해질 수 있다. 그럼에도 키리하는 아무런 근거 없이 운에 맡기는 승부는 하고 싶지 않았다.

"이 룰렛 게임기의 구조에 따라서는 승률이 다소 높을지도 모른다…… 그 가능성에 베팅한 거군요."

"네. 그렇게 되었으니…… 코타로의 간호를 부탁드립니다, 황제 폐하."

늘 코타로를 진심으로 대하지 못하는 엘파리아. 그런 그녀에게 솔직해져도 되는 시간을 주고 싶었다. 그런 상황을 만들기 위해 키리하는 반드시 이겨야만 했다. 아주 약간의 차이일지라도 확률이 높은 쪽에 베팅하고 싶었다. 그러니 이 결과는 예측이나 운이 아닌, 다정한 마음이 가져 온 승리일지도 모른다.

엘파리아도 키리하의 의도를 은연중에 눈치챘다. 하지만 눈치챘기 때문에 엘파리아는 최선을 다해 이기려고 했다. 세상에는 모르는 척하는 편이 나은 일도 있다. 다른 이의 배려를 당연하게 받아들이는 것에 저항감을 느꼈거니와, 한 여자로서 자존심도 지키고 싶었다.

하지만 결과적으로 엘파리아는 졌다. 키리하의 올곧은 다정함이 그녀의 고집을 꺾었다. 진심과 가식이 부딪치면 진심이 이기는 게 당연하다— 엘파리아는 이 결과를 그렇게 받아들였다.

"……딸의 친구가 마음을 쓰게 하고 말았어요, 레이오스님……."

엘파리아는 침대에서 자는 코타로에게 속삭였다. 이때 그녀의 표정은 쓴웃음에 가까웠다. 경위를 떠나서 그녀는 이 결과를 기쁘게 받아들였다. 평소에는 이렇게 둘만 있을 수 있는 기회가 전혀 없을 뿐더러, 코타로가 깨어 있을 때는 못 할 말이기도 했다. 그래서 지금, 이 순간은 엘파리아에게 더 없이 귀중한 시간이었다.

"……그치만 이건 레이오스 님 탓이에요. 레이오스 님 혼자만, 20년이나 시간을 뛰어넘으셨으니까……."

평소에는 절대 말하지 못할 진심. 직접 말할 수 없는, 계속 숨겨왔던 마음. 그것이 가슴이란 둑을 뚫고 쏟아져 나왔다. 둘만 남았으면서 코타로가 잠들었기 때문에 털어놓을 수 있는, 의심의 여지없는 그녀의 진심이었다.

"……티아와 다른 아이들을 위해서 단념했을, 텐데……. 이렇게 얼굴을 보고 있으니, 그 결심이 흔들리네요……. 이제 다 큰 어른이, 이러면 안 되는데……."

엘파리아의 손이 조심스럽게 코타로의 뺨을 건드렸다. 맞닿은 부분에서, 20년 전에 놓아줄 수밖에 없었던 온기와 마음이 파문처럼 퍼져나갔다. 그것이 마음을 뒤흔들며 그녀의 마음을 조금씩 어린 시절로 되돌렸다.

열정을 원동력으로 정신없이 달리기만 했던 어린 시절. 그때 만난 특이한 남자. 그는 전설의 영웅이라는 너무나도 무거운 간판을 짊어진 채 끊임없이 고뇌했다. 엘파리아 또한 황녀라는 간판을 무겁다고 생각했기에, 마음이 끌리기까지 그리 오래 걸리지는 않았다.

"……안 돼, 이 이상은…… 돌이킬 수 없게 될 거야……."

그러나 뜨겁게 달아오른 마음이 폭발하기 직전에 엘파리아는 손을 뗐다. 코타로는 전설의 영웅이라는 간판을 내려놓지 않았다. 그리고 엘파리아는 그 의지를 지켜주고 싶었다. 그렇기에 그녀 또한 황녀라는 간판을 내려놓지 않았으며, 이윽고 황제가 되었다. 코타로가 내건 의지— 기사도를, 그대로 관철할 수 있게 해주기 위해서. 그것이 엘파리아에게 허락된 최대의 애정 표현이었다. 그녀는 곁에 나란히 있는 것만이 전부가 아님을 굳게 믿고 있었다.

"……10대 여자애도, 아니잖아……."

엘파리아는 한 번 눈을 감고 마음을 가다듬기 위해 코타로의 이마에서 젖은 수건을 떼고 찬물에 빨았다.

"……음……."

그리고 엘파리아가 다시 수건을 이마에 올렸을 때, 잠들어 있던 코타로가 천천히 눈을 떴다.

"죄송해요, 레이오스 님. 저 때문에 깨셨나요?"

"……아, 맞다…… 열 때문에 잠들었지……."

코타로는 눈을 떴지만 의식이 몽롱한지 멍하니 엘파리아의 얼굴을 바라보았다. 그대로 내버려두면 바로 다시 잠들 것 같았다.

"……엘, 왜 울어……?"

"……네?"

엘파리아는 그제야 비로소 자신이 울고 있음을 알아차렸

다. 그러나 코타로가 그 이유를 깨닫기를 원치 않았기 때문에 급히 눈물을 훔쳐냈다.

"……또 널 못살게 구는 녀석이 왔어……?"

"아니요, 눈에 먼지가 들어가서 그래요."

"……그래……? 문제가 생기면 꼭 바로 말해야 한다……."

코타로는 그렇게 말하고서 다시 눈을 감았다. 어쩌다가 눈을 뜨긴 했지만 아직 잠이 부족했다. 그리고 엘파리아가 진지한 모습을 보일 때는 뒷일을 맡기고 마음을 놓을 수 있었다.

"네……. 그런데 레이오스 님은 왜 저를 도와주시는 건가요? 티아를 위해서요? 아니면 황가와 알라이아 님을 위해서인가요?"

평소에는 물어보고 싶어도 물을 수 없는 질문이었다. 코타로가 잠에 취했기 때문에 물을 수 있는 질문이었고, 같은 이유에서 코타로도 대답할 수 있는 질문이었다. 꿈과 현실 사이에 있는 까닭에 서로 솔직해질 수 있었다.

"……내가 널 돕는 것에, 무슨 이유가 필요해……?"

코타로는 대답하는 순간에는 눈을 떴지만, 곧바로 다시 감아버렸다.

"……레이오스 님……."

그래서 코타로는 결국 그때 엘파리아가 어떤 표정을 지었는지 보지 못했다.

"……."

코타로는 얼마 지나지 않아 쌔근쌔근 숨소리를 내기 시작했다. 원래부터 잠버릇이 얌전한 편이기도 했고, 감기약 기운이 퍼져서 코타로는 다시금 깊은 잠에 빠져들었다. 코타로의 걱정거리는 엘파리아의 눈물뿐. 그 걱정이 해결된 지금, 그를 현실에 붙잡아두는 것은 아무것도 없었다.

"……그런 말씀만 안 하셨어도, 단념할 수 있었을 텐데……."

엘파리아는 재차 코타로의 뺨에 손을 뻗었다. 이때 그녀가 약간 몸을 앞으로 내밀고 있던 탓에 뺨을 타고 흘러내린 눈물이 손등 위에 떨어졌다.

"……이건 레이오스 님 때문이에요……. 이토록 선뜻, 남이 원하는 걸 쏟아부어 주시니까……."

엘파리아는 몸을 덮다시피 하는 자세로 코타로를 내려다보았다. 코타로의 뺨에 그녀의 눈물이 똑똑 떨어졌다. 그래도 코타로는 눈을 뜨지 않았다. 그녀는 그 자세로 물끄러미 코타로를 바라보았다. 마음껏, 계속, 계속. 엘파리아는 코타로의 뺨에서 결코 손을 떼지 않았다.

키리하가 코타로의 방에 돌아온 건 시곗바늘이 밤 열한 시를 가리켰을 즈음이었다. 다시 말해 저녁 식사 시간 이후로 몇 시간을 엘파리아에게 맡겨버린 셈이다. 그리고 여러 의미로 적절한 타이밍이라고 생각한 키리하는 코타로의 방에 돌아왔다.

"폐하, 코타로는 좀 어떤지요?"

"약이 잘 들었는지 열은 이제 없는 것 같아요."

"폐하께서 간호해 주신 덕분입니다."

"후후후, 전 레이오스 님께 장난만 쳤는걸요."

"유별난 남자이니까, 그래도 문제는 없을 겁니다."

키리하가 방에 돌아왔을 때, 엘파리아는 코타로의 침대 옆에 있던 의자에 앉아서 책을 읽고 있었다. 키리하가 들어온 것을 알아차린 그녀는 시선을 올리며 미소 지었다. 그 미소를 본 키리하는 몇 시간 전과 미소의 분위기가 살짝 달라졌음을 눈치챘다. 긴장의 끈이 약간 풀어졌다고 할까. 마치 어린 소녀처럼 무방비한 미소였다.

'흠. 아무래도 내 판단이 옳았던 것 같군…….'

키리하는 이 결과에 만족하고 다음 행동을 생각했다. 그리고는 금세 코타로를 이대로 엘파리아에게 맡기는 게 좋겠다는 결론을 내렸다. 엘파리아가 황제 업무로 돌아가든 그렇지 않든, 앞으로 코타로와 함께 지낼 수 있는 시간이 지금보다 더 줄어들 것이기 때문이다. 그래서 어떻게 다시 코타로 간호를 맡길 것인지 궁리하기 시작했는데, 결론이 나오기도 전에 엘파리아가 먼저 입을 열었다.

"키리하 양, 이번에는 이걸로 놀아볼래요?"

엘파리아는 그렇게 말하며 키리하에게 반질반질한 판과 대리석으로 만들어진 많은 말을 가리켰다. 키리하는 척 보고 그게 게임임을 파악했지만 처음 보는 부류였다.

"이게 무엇인지요?"

"포르트제의 전통 게임인데…… 음, 지구의 체스나 일본식 장기에 해당하는 거예요."

"그건…… 관심이 가는군요."

키리하는 하던 생각을 잠시 구석에 밀어두고 다시 판과 말을 바라보았다. 확실히 말 형태는 처음 보는 것이지만, 체스나 일본식 장기에서 쓰는 말과 같은 종류라고 인식하니 디자인도 그럴듯하게 보였다. 반질반질한 판— 게임판에도 체스나 일본식 장기처럼 네모난 칸이 빼곡하게 그려져 있었다.

"규칙도 크게 다르진 않으니까, 키리하 양이라면 금방 익힐 수 있을 거예요."

엘파리아는 미소 지으며 키리하에게 책자를 건넸다. 일본어로 번역된 룰북이었다.

"감사히 보겠습니다."

책자를 받은 키리하는 팔랑팔랑 페이지를 넘겼다. 아무래도 세세한 부분이 다르기는 했지만 교대로 말을 움직이는 규칙이나 말의 역할 등은 아주 비슷했다. 확실히 이 정도면 금방 익힐 수 있을 듯했다.

"해볼래요?"

"네. 자세한 규칙은 하다보면 자연스럽게 알게 되겠지요."

이 게임을 하면 포르트제의 전술 사상이나 문화를 엿볼 수 있을지도 모른다. 키리하에게도 이득이었으니 딱히 거절할 이유는 없었다.

"그럼, 이번에도 진 사람이 레이오스 님을 돌봐주기로 해요."

"폐하……."

아무래도 엘파리아의 목표는 키리하의 승리인 듯했다. 조금 전에 진 빚을 되갚으려는 의도일지도 모른다. 그래서 본인이 잘 아는 게임을 제시한 것이다— 키리하는 이때 엘파리아의 행동을 그렇게 해석했다.

"후후후, 이길 때까지 하는 게 우리 가문 스타일이랍니다."

"그것이 2천 년 불패 전설의 비결이군요……. 하지만 지지는 않을 겁니다, 폐하."

"바라는 바예요, 후후후훗."

그러나 그걸 알고서도 키리하는 대전 요청을 수락했다. 이미 키리하는 목표를 달성했다. 그리고 이 게임에 이긴다면 목표를 초과 달성할 수 있다. 애초에 그렇게 생각했을 뿐더러 지더라도 손해 보는 건 없었으니 키리하로서도 기꺼이 바라는 바였다.

포르트제식 체스 — 편의상 그렇게 부르겠다 — 는 지구의 체스나 일본식 장기와 매우 비슷하다. 맨 앞 열에는 전진만 가능한 보병이 자리 잡고 있으며, 그 뒤로 특수한 방식으로 움직이는 말이 배치된다. 대략적인 규칙은 일본식 장기에 가까우나, 잡아낸 말을 쓸 수 없다는 점은 체스와 비슷하다고 할 수 있었다.

물론 비슷한 점만이 아니라 독자적인 부분도 있다. 특히 눈에 띄는 것은 이 게임 고유의 말이다. 체스의 킹, 장기의 왕에 해당하는 말은 황녀. 그리고 퀸에 해당하는 최강의 말은 청기사. 룩과 비숍은 거인과 화룡이다. 이 말들은 포르트제의 청기사 전설을 모티프로 만들어진 것이었다.

"무서워라. 공세가 갈수록 매서워지네요?"

"규칙을 완전히 파악한 게 아니라서 방어적으로 할 수가 없군요."

"그걸 아는 사람은 규칙을 알기만 하는 사람보다 더 무서운 법이죠."

키리하는 공세에 나섰다. 서서히 보병 라인을 밀어내면서 엘파리아 쪽 배치에 맞춰 공격하기 수월하도록 후속 병력을 배치했다.

그녀는 본인 말마따나 규칙을 완전히 파악하진 못했다. 말이 어떻게 움직이는지는 알아도 조합법이나 규칙과의 상호작용까지 이해한 건 아니었다. 그러므로 공격과 반격 중에 고른다면 완전하게 아는 부분을 이용해서 공격하는 편이 낫다. 미처 파악하지 못한 약점을 공격당했을 때 반격하는 건 쉽지 않기 때문이다.

"이러면 저는 방어적으로 할 수밖에 없겠네요."

"이런 게임에서 제일 재미있는 전개 아니겠습니까?"

"그건 그렇죠. 격전이 불가피하겠는걸요? 후후후……."

공세에 맞서 엘파리아는 수비적으로 말을 배치했다. 킹에 해당하는 황녀를 왼쪽 구석에 두고 주위를 많은 말로 둘러쌌다. 이것은 일본식 장기에서 말하는 동굴곰에 가깝다. 방어적인 포진으로 상대가 병력을 낭비하게 하는 전법이다.

병력을 집중해서 파상공격을 노리는 키리하와 그것을 어떻게든 버티며 역습을 꾀하는 엘파리아. 양쪽의 전법은 극과 극이다. 하지만 일본식 장기와 다르게 잡아낸 말을 이용할 수 없기 때문에, 공격 측과 수비 측 모두에게 칼 같은 판단력이 요구된다. 엘파리아가 한 말처럼 격전은 불가피했다.

"좀처럼 실수를 안 하는군요, 키리하 양."

"이기든 지든, 최선을 다해 싸워서 끝내고 싶으니까요."

"동감이에요. 쓰러질 때는 앞으로 쓰러져야죠."

그리고 게임은 한동안 잔잔하게 전개됐다. 그것은 싸움이라기보다는 수면 아래에서 서로 속고 속이는 수 싸움을 벌이는 상황이라 할 수 있었다. 양쪽 다 최전선이 격돌하기 전에 최대한 유리한 진형을 짜려고 필사적이었다.

"슬슬 시작할까요?"

마침내 쌍방의 최전선이 지척에서 마주하는 때가 왔다. 차례가 돌아온 키리하가 말 하나를 앞으로 보내면 치열한 전투가 시작되리라.

"네. 그럼 폐하, 들어가겠습니다."

톡.

그리고 키리하는 싱긋 웃으며 청기사를 앞으로 보냈다. 공격의 중심은 역시 여덟 방향으로 자유롭게 움직일 수 있는 최강의 말 청기사였다.

쌍방의 진형은 완성되었다. 하지만 서로 상대의 움직임에 맞춰서 유동적으로 포진했기 때문에 양쪽 다 완벽한 진형이라고 하기는 어려웠다. 최대한 빠르게 상대의 약점을 간파하거나 실수를 유도해서 황녀를 잡아내야 했다. 그래서 지금부터는 전술보다도 냉정함과 강단에 따라 게임의 승패가 좌우될 터였다. 그리고 이 두 명은 그런 면에서는 확실히 정평이 난 사람이었다.

포르트제식 체스는 일본식 장기와는 다르게 말을 보충할 수 없다. 그래서 일단 싸우기 시작하면 승패가 결정될 때까지 그렇게 많은 턴이 필요하지 않다. 그래서 수 하나의 무게가 대단히 무겁다. 키리하도 엘파리아도 한 수를 둘 때마다 십여 분씩 생각하는 게 예사였다.

"어떤 말을 움직이든 파멸이 보이는 게 무섭네요."

"폐하, 저는 공격할 방법이 없어지면 파멸합니다. 차츰 가까워지는 파멸의 발소리가 들리는군요."

키리하의 노도 같은 공격을 엘파리아가 가까스로 버티는 상황이었다. 키리하는 전술적인 안목으로는 엘파리아를 압도하고 있었지만, 포르트제식 체스라는 게임의 숙련도가 뒤떨어졌다. 그래서 방어적으로 플레이하면 허를 찔릴 수밖에 없기 때문에 어떻게든 끊임없이 몰아쳐야 했다. 엘파리아는 그 반대로 맹공을 견디면서 키리하가 빈틈을 드러내기만을 기다렸다. 기량과 룰의 균형을 맞추기 위해 정반대의 전술을 선택한 두 사람. 한 수라도 삐끗하는 쪽이 진다. 두 사람의 대국은 그런 높은 긴장감을 유지한 채 장기전으로 흘러갔다.

"그런데, 키리하 양."

그리고 대국이 종반에 접어들었을 무렵, 엘파리아는 승부수를 띄웠다. 말을 보충할 수 없으니 말 쟁탈전=게임의 남은 시간이 줄어든다는 뜻이기도 하다. 엘파리아는 수비적으로 싸우면서 틈을 찾아 반격하는 만큼 남은 시간이 적으면 불리해진다. 이 이상은 기다릴 수 없었다.

"네, 말씀하십시오."

"키리하 양은 레이오스 님을 어떻게 만나게 되었나요?"

"앗……."

엘파리아는 체스가 아닌 추억 이야기로 키리하를 공격했다. 키리하는 다음 수를 생각하던 중이라서 엘파리아의 질문에 크게 당황했다. 하지만 키리하는 곧 약한 미소를 머금고 그 질문에 대답했다.

"실은 가출을 했었습니다. 어머니가 돌아가시고 얼마 안 돼서 아버지와 마찰이 있었는데…… 그래서 사소한 말다툼을 하다가 가출했죠."

"그때 레이오스 님을……?"

"네. 지상으로 올라와서 정처 없이 돌아다니던 중에 그 사람이 하늘에서 내려왔지요. 아직 어렸던 저는 어머니가 돌아오신 걸로 착각하고……."

"꽤 환상적인 만남이었네요."

"그래서 어린 마음에 믿게 되었습니다. 이 사람이 제 운명의 사람이라고."

그것은 단순한 추억 이야기. 엘파리아는 순전히 궁금해서 물어봤을 뿐이지, 딱히 그걸 이용해서 그녀의 심리를 흔들려는 의도는 없었다.

'어, 음…… 어디까지 생각했더라……?'

그러나 그것은 키리하에게 대단히 효과적으로 작용했다. 코타로와의 만남은 그녀의 가장 소중한 기억이다. 10년 넘게 가슴에 간직하고 있었으니 당연하다. 덕분에 키리하는 코타로 이야기가 나온 순간에 긴장이 탁 풀렸고, 동시에 머릿속에서 짜여가던 전술도 모조리 박살 났다. 대국 도중에 이보다 치명적인 사고는 없을 것이다.

"폐하께서는 어떠셨는지요?"

"저요? 어…… 저는 전공인 고고학 연구 차 레이오스 님을 조사하고 있었는데…… 그러다가 유적에서 레이오스 님이 나오셨어요."

"놀라지는 않으셨나요?"

"그야 기절초풍했죠. 전설의 영웅이 눈앞에 나타났으니."

"하지만 그뿐만이 아니었던 거죠?"

"네. 저도 황제가 될지, 마음 가는 대로 살지 고민하던 시기였으니까요. 여러모로 생각할 점이 많았고……."

엘파리아의 오산은 같은 질문이 자신에게도 돌아왔다는 점이리라. 그녀에게도 코타로와의 만남은 소중한 추억이다. 덕분에 키리하와 마찬가지로 그녀의 긴장도 풀어지고 말았다. 물론 전술도 망각의 저편으로 사라졌다.

"레이오스 님은 제가 멋대로 상상하던 이미지랑은 딴판이었어요. 어디에나 있을 법한 평범한 남자애였죠. 그래서 솔직히 좀 실망하긴 했어요."

"저는 평범한 남자애라서 좋아했습니다. 저와 비슷한 문제로 고민하고 있었으니까, 분명 서로 버팀목이 되어줄 수 있을 거라고……."

"맞아요. 바로 그 점이에요. 단순히 전설의 영웅이라면 동경심은 품어도 사랑할 수는 없죠. 하지만 지극히 평범한 인간이었으니까, 나를 필요로 해주진 않을까 하고……."

그때부터 비중이 역전되기 시작했다. 대국의 심리전으로 시작한 추억담이었는데 얘기하면 할수록 점점 더 비중이 늘어났고, 얼마 지나지 않아 대국보다 추억 이야기가 더 중요해졌다.

"그건 그렇고 코타로는 참 고지식하다고 생각하지 않으세요?"

"맞아요! 절대 잘못된 행동은 안 하잖아요! 이상한 부분에서 완전 청기사라니까요!"

"저를 만났을 때도, 본인 어머니를 구하는 게 아니라 저를 구하러 와줬습니다."

"그런 짓을 하면 여자가 어떻게 생각할지 몰라서 그래요, 레이오스 님은!"

어느새 두 사람은 대국은 안중에도 없이 추억 이야기에 재미를 붙였다. 어쩌면 추억의 중심에 있는 인물에 대한 푸념 대결인지도 모른다. 간간이 퍼뜩 생각났다는 것처럼 게임판 위의 말을 움직이긴 했지만, 사실상 시간 때우기 정도의 의미밖에 없었다.

두 사람의 대국이 어떻게 되었느냐 하면, 결과적으로 엘파리아가 이기기는 했다. 주의가 산만해지자 규칙에 대한 이해가 부족했던 키리하는 단숨에 무너지고 말았다. 그러니 키리하가 코타로를 간호해야 했지만, 실제로는 그렇게 되지 않았다.

"너희 진짜…… 바보 아냐?"

"할 말이 없군."

"아하, 아하하하하핫."

키리하와 엘파리아는 코타로에게 간호받는 중이었다. 둘 다 열 때문에 몸져누운 상태였다. 추억 이야기에 너무 열중한 결과다. 두 사람은 체스가 끝난 뒤에도 아침까지 쉬지 않고 얘기를 나누었다. 결과적으로 목욕하고 몸이 식은 상태로 코타로의 감기가 옮는 바람에 이렇게 되고 말았다.

"도대체 아침까지 뭘 한 거야?"

"나와 폐하 중에 누가 더 그대를 사랑하는지 논쟁을 벌였다."

"맞아요, 레이오스 님. 키리하 양이 워낙 완고해서……."

"웃기지 마! ……나 참, 너희는 정말……."

다행히 코타로는 열이 내려가고 기운도 되찾았지만, 조심하자는 차원에서 호텔에 남았다. 그리고 기왕 남게 된 차에 겸사겸사 간호까지 하게 되었다.

"레이오스 님. 배가 고파요."

"코타로, 사과를 토끼 모양으로 깎아다오."

"……너희들, 사실은 멀쩡하지?"

"아앗, 갑자기 두통이~."

"열이 점점 심해지는 것 같군. 오는 길에 젖은 수건도 부탁하지."

"어딜 보나 꾀병이구만."

열이 나는데도 불구하고 묘하게 즐거워 보이는 키리하와 엘파리아. 더블베드에 나란히 누운 모습을 보니 괜스레 미소가 지어졌다. 마치 어린 자매가 부모에게 어리광을 부리는 분위기였다.

"에휴…… 알았다, 알았어."

"불평하면서도 해주는 그대를 좋아한다."

"어머니를 아끼는 강한 애정이 느껴지네요."

"알았으니까 적당히 떠들고 누워 있어."

"그러지."

"네~에."

"알아먹은 건지 못 알아먹은 건지……."

코타로는 설레설레 고개를 저으며 냉장고가 있는 옆방으로 향했다. 두 사람이 꾀병을 부리는 게 아닌지 의심하면서도 코타로는 그들의 요구대로 사과를 깎아주기로 했다. 정말 꾀병이라고 해도 두 사람이 온종일 그를 간호해 준 것은 틀림없는 사실이다. 사과 정도는 군말 없이 깎아주자는 게 코타로가 내린 결론이었다.

"……처음부터 이렇게 할 걸 그랬네요, 키리하 양……."

"……그건 그렇지만, 그랬다면 우리가 지금처럼 솔직해질 수 있었을까요……."

"……후후후, 그러네요. 저랑 키리하 양은 참 닮았군요……."

"……성격도, 코타로와의 관계도……."

키리하와 엘파리아는 마주 보고 웃으며 사과를 가지러 간 코타로에게 들리지 않을 만큼 작은 목소리로 속삭였다. 두 사람의 상태는 진짜 감기와 꾀병의 중간이다. 근성을 발휘해서 멀쩡하게 움직일 수 있었으나 두 사람은 굳이 그렇게 하지 않았다. 아픈 티를 내야 코타로에게 어리광을 부리기 편하니까.

코타로를 간호한다는 명목으로 함께 시간을 보내는 동안 키리하와 엘파리아 사이에는 연대감이 싹텄다. 그리고 서로 어떤 마음을 품고 있는지도 예전보다 더욱 잘 알게 되었다. 그래서 두 사람은 양보하기를 멈추고 감기 기운을 최대한 이용하기로 했다. 괜히 고집을 부리는 대신 그렇게 하는 게 서로에게 도움이 된다는 것을 깨달았다.

"즐거워 보이네. 너희 언제 그렇게 친해졌냐?"

코타로가 사과와 과도를 가지고 돌아왔다. 참고로 둘 다 『청기사』에서 가져온 것이었다.

"이래 봬도 둘 다 여자라서 통하는 부분이 많답니다."

"게다가 서로 두뇌파이기도 하지."

"하긴, 맞는 말이네."

코타로는 살짝 웃고는 침대 옆 의자에 앉아 거침없는 손놀림으로 순식간에 사과를 깎았다. 과거 포르트제에서 필요에 의해 배워야 했던 과일 깎는 솜씨는 지금도 건재했다.

"다 깎았다. 둘 다 일어나서 먹어."

"먹여다오."

"병상에 있는 황제에게 알아서 먹으라고 하다니, 용기가 가상하군요."

"나보고 뭐 어쩌라는 거야?"

"저랑 키리하 양 사이에 앉으면 양쪽 다 먹여줄 수 있잖아요."

"하여간 성가신 녀석들이야……."

"그대로 같이 자도 상관없어."

"맞아, 그거예요! 왠지 몸이 으슬으슬한데, 엄마는 아들이 같이 자 줬으면 좋겠어요!"

"이것들이, 자꾸 그렇게 계속 헛소리만 하면 감기 안 낫는다?"

코타로는 침대 위에 올라가 두 사람 사이에 앉고 각자 얼굴 앞에 이쑤시개를 꽂은 사과를 내밀었다. 두 사람은 동시에 사과를 깨물었다. 그때 둘의 모습은, 역시 왠지 모르게 어린 소녀를 연상케 했다.

"……."

"왜 그러지, 사토미 코타로."

"보아하니 아름다운 어머니에게 반한 것 같네요?!"

"먹었으면 자! 진짜로 열이 나긴 하니까!"

코타로는 본의 아니게 사과를 먹는 두 사람의 모습이 귀엽다고 생각하고 말았다. 하지만 그 사실을 인정하는 것은 분했다. 그리고 이래저래 성가신 사태로 발전할 가능성도 높았다. 그래서 코타로는 그런 본심을 덮어둔 채 두 사람을 간호해주었다.

Episode 2
병아리 데이즈

유리카가 그 연락을 받은 것은 그녀가 방금 구매한 순정 만화에 한창 몰두했을 때였다. 그래서 유리카는 연락을 무시하고 만화를 계속 읽었다. 이메일로 온 연락이었고, 만화에서는 여주인공이 기억을 잃고 다친 데다 피아니스트의 생명이 위태로운 등 정신없는 국면이었다.

"유리카, 메일을 확인하는 게 좋지 않겠느냐?"

밥상 위에서 부르르 떨며 알림 LED를 깜빡거리는 유리카의 피처폰 — 그렇다, 그녀는 저렴하다는 이유로 아직도 이 낡아빠진 기기를 쓰고 있다 — 을, 티아는 가느다란 손가락으로 톡톡 건드렸다. 이때 티아는 유리카의 대응이 잘못되었다고 생각했다.

"이번 권만 다 읽구요오."

티아가 지적해도 유리카는 전병을 입에 물고 바닥에 드러누운 채 다리를 정신없이 파닥거리며 만화를 읽었다. 여전히 메일을 읽을 생각은 없어 보였다.

"헌데 말이다, 아무래도 마법소녀 비밀기지에서 보낸 것 같구나."

티아가 그렇게 생각한 이유는 단순히 휴대전화 액정에 표시된 발신자 이름이 『블루 타워』였기 때문이다. 유리카는 이래 봬도 레인보우 하트라는 조직 내의 『파란 마술사단』에 소속된 마법사다. 그리고 『블루 타워』는 『파란 마술사단』의 본거지에 해당한다. 메일은 그곳에서 보낸 것이었기에 티아는 유리카가 얼른 확인하는 세 낫겠다고 생각했다. 급한 임무라면 큰 문제가 될 수도 있기 때문이다.

"전혀 문제없어요오. 정말 급한 일이라면 메일이랑 전화에 마법 연락까지 전부 오니까요오. 그런데 이번에는 메일만 왔으니까아, 대단한 일은 아닐 거예요오."

"……그렇다면 다행이다만."

유리카가 아무런 근거도 없이 만화만 보고 있는 게 아니라는 사실을 알았지만, 그래도 티아는 쉽게 납득할 수 없었다.

'포르사리아 마법왕국에 얽힌 문제가 해결되었다지만, 너무 게으름을 피우는 게 아닌지……'

유리카는 일단은 레인보우 하트의 아크 위저드, 말하자면 행동부대에서 가장 높은 지위에 있다. 그러니 연락을 무시하고 만화책이나 읽는 유리카의 모습을 본다면 관계자들은 분명 슬피 울 것이다— 티아는 그런 생각을 떨쳐낼 수가 없었다.

결과적으로 유리카의 주장은 옳았다. 메일은 그리 급한 내용이 아니었다. 마감일까지 어떤 일을 해줬으면 한다는 내용이었는데, 마감일은 한 달 후라서 확실히 만화를 계속 읽고 있어도 문제는 없었다.

"레인보우 하트의 조직 개편에 따라 세이프 하우스— 코타로, 코타로. 세이프 하우스가 뭐야?"

"키리하 씨, 세이프 하우스가 뭐야?"

"아주 쉽게 설명하자면 은신처, 작은 비밀기지라고 할 수 있지."

"그렇대."

"흐응. ……일부 세이프 하우스를 폐쇄하기로 했습니다. 귀하께서 지금까지 사용하였던 B77M7도 폐쇄할 예정입니다. 개인 물품을 속히 회수하시기 바랍니다— 라고 쓰여 있네."

레인보우 하트와 다크니스 레인보우의 싸움에 일단락이 지어진 이후로, 레인보우 하트의 싸움은 달라지기 시작했다. 이제까지는 킷쇼하루카제시를 중심으로 싸워 왔지만,

앞으로는 각지에 흩어져서 은둔한 다크니스 레인보우 잔당들과 싸워야 하므로 조직 개편이 필요해졌다. 그러니 각지에 산재한 거점— 세이프 하우스의 배치도 변경해야 했다. 폐쇄할 곳, 새로 마련할 곳이 꽤 많았다. 그중에서 예전에 유리카가 쓰던 세이프 하우스를 폐쇄하기로 한 것이다.

"세이프 하우스…… 유리카 님께서 거기를 쓰시는 모습을 본 적이 없네요."

루스는 차를 마시다 말고 고개를 갸웃거렸다. 그녀의 기억 속에는 유리카가 세이프 하우스를 쓰는 모습이 없었다. 처음 만난 이후로 계속 106호실에 있던 것 같았다.

"우리가 이곳에 온 뒤부터 계산해노 2년 가까이 쓰지 않았지."

"아하, 안 써서 폐쇄하는 거구나."

"아하하, 그런 거였군요."

키리하와 코타로의 말을 듣고 루스도 사정을 이해했다. 유리카가 106호실에 아예 눌러앉았으니 존재 의의가 거의 없는 세이프 하우스를 폐쇄하기로 한 것이었다. 세이프 하우스도 유지하려면 돈이 드니까 지극히 당연한 결과였다.

"흐에에에에엥…… 귀찮아요오……. 쩨쩨하게 굴지 말고오, 그냥 두면 좋을 텐데에."

철퍼덕.

유리카는 만화책을 내려놓고 팔다리를 대충 뻗으며 벌러

덩 드러누웠다. 그 모습에서는『움직이기 싫어요』라는 명확한 의사가 느껴졌다.

"관리하는 쪽에 폐가 되니까 얼른 정리하고 와. 그쪽 사람들은 탱자탱자 놀기만 하는 너랑 다르잖아."

"저도 놀기만 하는 건 아니거든요오!"

"놀고먹고 자기만 하잖아."

유리카는 일단 106호실을 지키라는 임무를 맡고 이곳에 왔지만, 다크니스 레인보우와의 항쟁이 종결되었으니 사실상 개점휴업 상태였다. 그래서 유감스럽게도 코타로의 지적은 거의 다 맞는 말이었다. 그 점을 지적받기 싫었던 유리카는 이야기의 방향을 슬쩍 수정하기로 했다.

"……사토미 씨는 자상하니까아, 정리도 도와주겠죠오?"

"그럴 리가 있나."

"너무해요오~!! 저를 싫어하세요오?!"

"귀찮은 게 싫어."

"귀찮은 게 싫다니, 그건 유리카를 완전히 부정하는 게 아닌가?"

"……전하, 목소리가 너무 크십니다."

귀찮은 일을 뒷전으로 미루려고 하는 유리카를 편들어 주는 사람은 별로 없었다. 사나에도 기본적으로 할 일을 미루는 편이지만, 남에게 폐가 되는 상황이라면 미루지 않는다. 그런 상황에서도 뒤로 미루는 사람은 유리카 말고는 클란 정도인데, 오늘은 자리에 없었다. 그런 연유로 유리카는 분위기가 안 좋다는 것을 느끼기 시작했는데, 의외의 인물이 구원의 손길을 내밀었다.

"얘, 유리카. 그렇게 싫으면 내가 정리해줄까?"

"정말요오?"

구세주의 정체는 사나에. 뜻밖의 제안에 유리카의 표정이 확 밝아졌다. 사나에가 자진해서 나서준다면야 반대할 이유는 전혀 없었다.

"응. 대신에 네 짐은 내가 가질게. 다른 사람한테 받은 선물처럼 특별한 건 빼고."

"네에, 알겠이요오. 잘 부탁힐게요오!"

유리카는 사나에의 제안을 두말없이 승낙했다. 대가를 다소 치러야하지만 손을 놓고 있어도 정리가 된다면 대환영이다. 물론 코타로는 이 상황에 불만을 느꼈다.

"야, 사나에. 유리카한테 너무 오냐오냐 하지 마."

정리를 남에게 맡기는 버릇이 들면 유리카의 앞날에 고생길이 펼쳐질 것이다. 교육적 관점에서 코타로는 이 해결법을 인정할 수 없었다.

"딱히 그런 건 아니야."

"응? 그럼 뭔데?"

"유리카의 개인 물품이라고 해 봐야 어차피 만화책이랑 애니메이션 굿즈, 컵라면 정도일 거 아냐?"

"뭐, 그렇겠지."

"그걸 전부 내가 갖겠다는 거야. 그거 말고는 유리카에게 돌려주고."

"그렇구만. 머리 좋은데? 나도 갈까."

106호실 벽장 안에는 유리카의 개인 물품이 꽉꽉 들어차 있다. 대부분은 만화책, 애니메이션 굿즈, 컵라면과 봉지라면이다. 그래서 사나에는 세이프 하우스도 분명 비슷한 꼴일 거라고 생각했고, 그 물건들을 차지하겠다는 의외로 약삭빠른 계산을 했다.

"역시 제가아, 직접 정리해야겠어요오! 이런 건 남에게 맡기면 안 되니까요오!"

유리카 본인은 까맣게 잊고 있었지만 사나에의 예측은 사실이었다. 그 말을 듣고 무언가가 생각난 유리카는 부랴부랴 자기가 직접 정리하기로 했다. 역시 소중한 만화책과 컵라면을 내버려 둘 수는 없었다.

일반적으로 인스턴트 라면의 소비기한은 반년 정도다. 하지만 건조된 상태이니 먹어서 문제가 생기는 건 그보다 좀 더 나중이다. 그리고 세이프 하우스라는 장소의 특성상 식량 창고에는 식료품을 장기 보존할 수 있게 하는 마법을 걸

어두는 까닭에 인스턴트 라면이라면 10년은 버틴다. 그래서 3년 전 유리카가 쌓아둔 컵라면이나 봉지라면은 당시와 변함없는 품질을 유지한 채 고스란히 남아 있었다.

"그건 그렇고 유리카, 용케도 이렇게 많이 모았구나……."

"에헤헤헤…… 세일할 때마다 샀더니이, 이렇게 되었어요오."

유리카는 나나의 도움을 받으며 찬장을 꽉 채운 각종 인스턴트 라면을 비닐봉지에 옮겨 담았다. 이미 비닐봉지를 다섯 개나 가득 채웠음에도 불구하고 찬장은 여전히 반 이상 차 있었다.

"아무리 그래도 이렇게까지 살 필요는 없잖니."

"안 사면 불안하다구요오. 언제 길기리에 나앉을지 모르니까아."

"마법소녀가 길거리에 나앉는 모습은 상상이 안 되는데……. 뭐, 유리카답다면 답다고 할까?"

나나는 단순히 유리카를 도와주려고 온 건 아니었다. 사실 이 세이프 하우스는 어떤 사정으로 유리카와 나나가 함께 살던 곳이다. 하지만 그 사정이 없어도 유리카를 혼자 살게 하는 것에는 큰 문제가 있었다.

"그럼…… 나도 슬슬 내 짐을 정리해야겠다."

"벌써 가시려구요오?!"

"후후후, 안 그러면 내가 못 돌아가잖니."

의외로 짐 자체는 나나가 더 많았다. 그녀가 이곳에서 더 오래 살았기 때문이다. 1년 남짓 살았던 유리카와 몇 년 넘게 살았던 나나는 아무래도 짐의 양에 차이가 날 수밖에 없다. 물론 유리카가 그녀와 같은 기간을 살았을 때 어떻게 되었을지 상상하면 나나의 짐은 아주 적은 편이었지만. 그래서 유리카의 짐이 얼마나 되는지 얼추 파악한 나나는 자기 짐을 정리하러 갔다.

나나가 정리하는 속도는 무척 빨랐다. 원체 정리 정돈을 잘하는 성격인 데다 천성이 부지런한 덕분에 물건을 분류하는 작업이 따로 필요하지 않았다. 서랍 속에 든 것을 그대로 상자에 옮겨 담는 작업에 가까웠다. 덕분에 그녀는 엄청난 속도로 유리카를 따라잡았다. 이 정도면 유리카가 작업을 마칠 타이밍에 나나의 작업도 끝날 터였다.

"……응?"

그런데 불현듯 나나의 손이 멈췄다. 짐을 상자에 담던 나나는 어떤 물건에 시선을 고정했다. 나나가 착용하기에는 지나치게 귀여운 ― 앳된 얼굴에 완벽하게 어울리긴 했지만 ― 분홍색 머플러였다.

"이런 데 들어가 있었구나……. 잃어버린 게 아니라서 다행이다."

나나는 머플러를 들고 반갑다는 듯이 미소 지었다. 그 머플러는 나나에게 아주 소중한 추억을 떠올리게 해주는 물건이었다. 그녀가 니지노 유리카라는 소녀와 만나게 된 날의 추억. 그리고 그때부터 시작된 약간 특이한 일상을.

니지노 유리카라는 소녀는 태생적으로 강력한 마력을 타고났다. 마법사 훈련을 받지 않았음에도 불구하고 마력이 몸 밖으로 흘러나올 정도였다. 어렸을 때는 몸 밖으로 흘러나오는 마력 양이 미미했지만, 유리카가 성장함에 따라 양도 같이 늘어났다. 그녀가 중학생이 되었을 즈음에는 위험 수준에 도달했다. 큰 위험을 무릅쓰고서라도 유리카를 잡아먹고 마력을 차지해야 한다— 밤의 어둠 속에 숨은 마물들이 그렇게 생각할 정도로.

"꺄아아아아아아아아악?! 저, 저게에, 대체 뭔가요오오오!!"

최초로 유리카를 습격한 것은 거대한 사냥개처럼 생긴 마수였다. 겉모습만이 아니라 머릿속까지 짐승에 가까워서 사고회로가 맹목적이고 단순했다. 그래서 위험 요소를 크게 따지지 않고 그저 욕망을 따라 유리카를 습격했다. 습격한 시간도 장소도 안일했는데, 해가 다 저물지 않은 중학교 부지 안쪽이었다. 누가 목격할 위험성 등을 도외시했다. 유리카의 마력만 흡수하면 어떻게든 될 것이다— 마수는 그렇게 생각했다.

『크르르르르르르르르르!』

슈팟!

"저리 가아아아아아앗!!"

물론 태생적으로 운동신경과 인연이 없는 유리카가 마수의 발톱 앞에서 도망칠 재간은 없었다. 무분별하게 흘러넘치는 마력이 방어마법처럼 작용했지만, 효과는 제대로 된 방어마법에 한참 못 미쳤다. 유리카는 순식간에 궁지에 몰리고 말았다.

"으아아아아아아아아! 먹히겠어어, 이러다 먹혀버려요오오옷!"

아무리 유리카가 어벙하다고 해도 대형 마수가 이를 드러내고 다가오는 상황에서는 자기가 어떻게 될지 쉽게 상상할 수 있었다. 그녀가 사랑해 마지않는 애니메이션이나 만화로 비유하자면, 분명 화면이 암전되고 빨간 물방울이 사방으로 흩어지는 틀에 박힌 장면이었다.

"이럴 줄 알았으면 어제 만화책을 사서 읽어둘 걸 그랬어어어!!"

절체절명의 위기에 처한 유리카에게는 큰 미련이 남아 있었다. 실은 어제 애독하는 만화의 신간이 발매되었다. 하지만 주머니 사정 때문에 구매를 뒤로 미뤘다. 어제 시점에 이렇게 될 줄 알았다면 그녀는 틀림없이 그 만화를 샀을 것이다. 유리카는 본인의 판단 미스를 저주했다.

"그러고 보니까 초콜릿도 찬장에 그대로 넣어 뒀구나아아!! 먹을 걸 그랬어어어!!"

『크르르으아아아아아아!!』

만약 문제의 마수가 유리카의 외침을 알아들을 수 있었다면 아마도 조금 기운이 빠졌으리라. 유리카가 소리치는 내용은, 곧 잡아먹히게 생긴 사람의 입에서 나오는 것이라고 할 수 없을 정도로 너무나도 하찮았다.

"……어째 좀 더 내버려 둬도 괜찮은 분위기인데……. 분위기만 그런 거겠지……?"

그건 유리카를 도우려던 사람에게도 적용되는 얘기였다. 막 도우려는 찰나에 튀어나온 만화책과 초콜릿. 그 말을 듣고 기운이 쭉 빠졌지만, 천성적으로 진지한 성격을 타고난 덕분에 가까스로 유리카 앞에 나설 수 있었다.

"유리카, 물러서렴!"

"다, 당신은?!"

한 소녀가 유리카 앞으로 뛰쳐나왔다. 키가 작고 날씬한 데다 동안이라서 유리카보다 어려 보이지만, 실제로는 몇 살 연상이었다. 그리고 그녀가 입고 있는 분홍색 의상이 앳된 분위기를 더욱 강화해주었다. 마치 TV 애니메이션에 등장하는 정의의 여전사가 그대로 튀어나온 듯한 모습이었다.

"자세한 얘기는 나중에 하자! 지금은 이 녀석을 처리하는 게 급해! 넌 물러서!"

"앗, 네에에에!"

이것이 유리카와 나나의 만남이었다. 이 만남은 후에 두 사람의 운명을 크게 바꾸게 되지만, 이때 두 사람은 그렇게 되리라고는 꿈에도 생각지 못했다.

나나의 임무는 킷쇼하루카제시에서 일어난 마법 관련 소동을 해결하거나 미연에 방지하는 일이었다. 당시에 레인보우 하트 최강이었던 나나에게는 다크니스 레인보우와 관련된 임무가 한꺼번에 몰리곤 했는데, 유리카 문제는 예외적으로 나나가 담당하기로 했다. 나나에게 제자가 없었기 때문이다.

사실 레인보우 하트는 마력을 풍부하게 가지고 태어난 사람을 지속적으로 추적 및 조사했다. 마물이나 다크니스 레인보우의 표적이 되기 쉽기 때문이다. 마력을 갖고 태어난 인간은 마물에게는 맛 좋은 먹잇감이고, 다크니스 레인보우에게는 의식에 쓸 제물이다. 당연히 마력이 강하면 강할수록 표적이 될 확률도 따라서 높아지므로 지속적인 조사가 필요했다.

그리고 경험을 바탕으로 문제가 생기는 마력량이 어느 정도인지 알고 있었기에, 그 수준을 넘어서는 인간은 직접 찾아가서 보호해주었다. 웬만한 경우에는 마력을 은폐하는 마법을 걸어 해결했는데, 개중에는 마력이 너무 강한 탓에 마법으로는 장기적인 은폐가 어려운 인간도 있었다. 유리카가 바로 그 케이스였다.

그런 경우에는 본인에게 마력을 제어하는 방법을 가르쳐 주는 수밖에 없었다. 쉽게 말해 마법사 기초 훈련을 실시하는 것이다. 그렇게 스스로 마력을 억누를 줄 알게 되면 적에게 습격당할 걱정을 하지 않아도 됐다.

"……?"

"미안, 미안. 더 쉽게 설명해줄게. 지금 유리카는 마물의 눈에 맛 좋은 먹잇감으로 보이는데, 그렇게 안 보이게 하는 방법을 가르쳐 주려고 왔어."

"아하, 그런 뜻이었구나아! 겨우 이해했어요오!"

"……왠지 평소랑 다른 방향으로 피곤하네……."

유리카를 습격한 마물을 해치운 나나는 차근차근 상황을 설명했다. 어지간한 사람들은 마법이라는 개념을 받아들이지 못했지만, 다행히 유리카는 그런 점을 이상하게 여기지 않았다. 애니메이션과 만화의 영향으로 마법의 존재를 믿었다. 대신에 복잡한 이야기를 잘 알아듣지 못하는 탓에 나나의 고생은 이만저만이 아니었다.

"그러면, 그러면, 제가아, 마법소녀가 될 수 있는 건가요오?!"

"위험한 일이라서 우린 억지로 권유하지 않아. 어디까지나

네가 마법의 기초를 습득하길 바랄 뿐이지."

"될래요, 될래요오! 저, 반드시 마법소녀가 되겠어요오!"

레인보우 하트는 이러한 기초 훈련을 통해서 신입 마법사 영입을 시도하기도 했다. 마력만이 아니라 나이와 운동능력, 성격 등까지 종합적으로 판단했다.

—이 아이는 어떠려나……? 안 맞을 것 같은데…….

나나가 보기에 유리카는 마법사에 어울리지 않았다. 부족한 운동능력, 온화하고 겁이 많은 성격. 중학생이 되고 나서부터 마력이 늘어나기 시작했으니 마법사가 되기에는 너무 늦었다. 단순히 마력이 많다는 이유만으로 레인보우 하트가 될 수 있는 것은 아니었다.

"……음, ……이거 드릴게요오!"

훌렁.

유리카 문제로 생각에 잠긴 나나. 그런 그녀의 목을 무언가가 갑작스레 휘감았다. 아주 부드럽고 따스한 것— 직전까지 유리카가 두르고 있던 분홍색 머플러였다.

"유리카?"

"에헤헤헤헤, 잘 어울려요오."

이때 나나는 몹시 당황했다. 아무리 깊은 생각에 잠겼다지만 유리카가 나나의 허를 찔러 머플러를 두른 것은 놀랄 만한 일이었다. 만약에 유리카가 적이며 머플러가 와이어 같은 물건이었다면, 나나는 여기서 죽었을 것이다.

"그리고오, 도와주셔서 고맙습니다아."

자신이 행한 위업을 깨달은 기색도 없이 유리카는 천진난만하게 웃었다. 유리카는 고마움을 표하고 싶은 차에, 기동성을 우선해서 옷을 얇게 입은 자신을 걱정해서 머플러를 둘러준 것이리라— 나나는 그렇게 생각했다. 그리고 아마도 그 다정한 마음을 느끼고 나나의 경계심이 작동하지 않았을 것이다.

"……넌, 신기한 아이구나……."

동시에 나나는 이렇게 생각하기 시작했다. 타인의 경계심을 자연스럽게 풀어버리는 신기한 분위기. 그리고 티가 잘 나진 않지만 분명히 존재하는 다정함. 이 두 가지가 있다면 최전선에 나서는 건 어렵더라도 후방 임무를 수행하는 마법사는 될 수 있을지 모른다고.

"그럼 일단 기초 수행부터 시작해볼까?"

"할래요, 할래요! 반드시 마법소녀가 될 거예요오!"

그리고 유리카는 어쨌거나 기초 수행을 해야만 했다. 그 수행이 끝날 무렵에는 나나도 유리카의 적성을 명쾌히 판단할 수 있으리라. 아직은 유리카의 장래를 걱정할 시기가 아니었다.

마력을 억누르기 위해서는 마법사 기초 훈련이 필요하다. 그런데 훈련을 마치기까지는 시간이 꽤 걸리기 때문에 어떤 한 가지 문제가 부각되었다.

"네에에에에에에엣? 집에 못 간다고요오옷?!"

"미안해. 하지만 아까 널 습격한 마물 같은 것이 집까지 찾아오게 할 수는 없잖니?"

"우으으으으으으……."

문제란 바로 유리카가 당분간 집에 돌아갈 수 없다는 것이었다. 적어도 마력을 억누르는 수행만이라도 끝마치지 않으면 가족을 위험에 빠뜨릴 우려가 있다. 유리카의 마력에 이끌려서 마물이나 다크니스 레인보우가 찾아올지도 모르기 때문이다. 그래서 나나는 자기가 쓰는 세이프 하우스로 유리카를 데려갔다.

"가끔은 집에 가게 해줄게."

"정말로요오?!"

"응. 일시적으로 유리카의 마력이 새어 나오지 않게 할 수 있거든."

"그러면, 그러며언, 집을 떠나야 하는 이유는 뭐라고 설명하죠오? 분명 가족들이 걱정할 텐데에……."

"그건 걱정하지 마. 레인보우 하트의 마법소녀가 유리카로 변신할 테니까."

물론 그뿐이면 다른 문제가 생긴다. 유리카가 합당한 사유도 없이 대뜸 집을 떠나겠다고 하면 가족들이 극구 뜯어말릴 것이다. 그래서 유리카의 집에는 레인보우 하트의 마법사를 파견할 예정이었다. 마법으로 유리카로 변신해서 유리카 행세를 하게 하는 것이다.

"다른 사람인 척하는 거언, 어렵지 않나요오?"

"그렇기는 한데, 유리카처럼 마력이 강한 사람들은 지속적으로 조사하거든. 그러니 네 행세도 그리 어렵지 않을 거야."

충분한 정보와 마법을 병용해서 행동하므로 들통날 가능성은 거의 없다. 설령 들통나더라도 마법으로 속이면 된다. 실제로 유리카 행세를 하던 마법소녀가 말하길, 잠을 자거나 만화책을 읽거나 애니메이션을 보기만 하면 돼서 대단히 편한 임무였다고 한다.

"마법은 편리하군요오."

"굳이 따지자면 오히려 조직의 힘이 더 중요하다고 보지만. 아차, 얘기가 많이 벗어났네. 아무튼 유리카는 당분간 나랑 여기서 지내자."

"알겠습니다아."

유리카는 연신 고개를 주억거리며 신기하다는 눈초리로 방을 둘러보았다. 명목상으로는 세이프 하우스— 즉 비밀기지이지만, 동시에 나나의 임시 거주지이다. 그래서 인테리어는 아파트에 사는 친구의 방과 크게 다르지 않았다.

"헤에에…… 이렇게 생겼구나아……."

"왜 그러니?"

유리카의 목소리에서 아쉬움이 묻어나는 걸 느낀 나나는 유리카를 바라보았다. 나이는 나나가 더 많았지만, 키가 비슷하다 보니 두 사람의 시선은 같은 높이에서 마주쳤다.

"마법소녀의 비밀기지는 어떤 곳일지 궁금했는데에, 의외로 평범해서요오."

유리카가 즐겨 읽는 순정만화를 예로 들자면, 마법소녀가 사는 곳은 여러 의미로 화려했다. 귀엽고 깜찍한 가구와 소품이 가득했고, 거의 다 마법이 깃든 특제품이었다. 평소에는 평범한 소녀인 척하는 마법소녀도 그럴듯한 물건을 두세 개 정도 갖고 있는 게 보통이었다.

그런데 이 세이프 하우스는 만화책과 확연히 달랐다. 유리카가 기대한 것과 다르게 평범한 친구의 방에 놀러갔을 때 본 것과 매우 비슷했다.

"실망했어?"

"네에. 생각보다 평범하네요오."

"후후후. 평범하게 사는 곳이니까 평범할 수밖에 없지."

"마법은 안 쓰나요오?"

"여기에 적이 오면 안 되잖아."

나나는 일상생활 속에서는 기본적으로 마법을 쓰지 않았다. 마법을 쓰면 쓸수록 적에게 이 은신처의 위치를 들킬 가능성이 올라가기 때문이다. 일단 방 전체에 마력을 은폐하는 마법이 걸려 있긴 하지만, 그래도 쓰지 않는 게 제일이었다.

"……현실은 참 각박하네요오."

"그치. 특히 픽션과 다른 점은 얼굴을 보이면 정체를 들킨다는 거야."

"들킨다구요오?!"

"응. 애니메이션이나 만화에서는 이상하게 안 들키는데 말이야."

굳이 따지자면 이곳은 군대나 첩보기관이 쓰는 세이프 하우스에 가까웠다. 나나가 몸담은 레인보우 하트는 그야말로 그런 조직에 해당하므로 당연하다면 당연하지만.

유리카의 수행은 세이프 하우스에 살기 시작한 날부터 시작되었다. 유리카는 마력을 줄줄 흘리고 있었기 때문에 상시 마법을 사용하고 있는 상태라고 할 수 있었다. 제어하는 법을 익히고 마력을 억누르지 않으면 마물이나 다크니스 레인보우의 사냥감이 된다. 유리카는 한시라도 빨리 제어법을 익혀야만 했다.

"유리카, 이걸 들어볼래?"

"달걀이요오?"

"응. 이게 마법사 수행의 첫걸음이거든."

나나는 유리카의 손에 달걀을 올렸다. 마법을 띠었다거나 마물의 알 같은 것은 아니었다. 조금 전에 슈퍼마켓에서 사 온, 한 팩에 198엔 하는 지극히 평범한 달걀이었다.

"마법으로 삶은 달걀이라도 만드는 건가요오?"

"후후후, 아니. 우선 달걀의 형태와 감촉을 확실하게 기억해둬."

"헤에……."

"잠시 그렇게 하다가 달걀을 치우고, 손에 달걀을 들고 있을 때의 감각을 떠올리는 거야. 말하자면 달걀을 손에 들고 있다는 이미지 트레이닝을 하는 거지."

"그러면 마법을 쓸 수 있나요오?"

"그 전 단계라고 보면 돼. 최종적으로는 상상한 것에 마력을 불어넣어서 형태를 부여해야 하니까, 상상력과 집중력을 단련하는 건 아주 중요해."

농담처럼 들리겠지만, 이 달걀 수행은 마법사가 되는 첫걸음이다. 달걀이라는 존재를 완벽하게 기억하고, 그것을 손 안에 재현하는 것이다. 이 이미지 트레이닝을 반복해서 단련한 집중력과 상상력이야말로 마법을 구사할 때의 토대가 된다. 쉽게 설명하자면, 화염구 마법을 쏘려면 불꽃에 대한 명확한 이미지가 필요하다는 뜻이다.

"그러니 그걸 해내는 게 유리카의 최종 목표야."

나나는 빙그레 웃으며 유리카에게 오른손을 내밀었다. 그러자 아무것도 없던 오른손 손바닥 위에 홀연히 달걀이 나타났다. 나나가 머릿속으로 그려낸 달걀에 마력을 주입해서 형태와 감촉을 부여한 것이다. 겉모습과 감촉, 무게는 진짜 달걀과 전혀 구별할 수 없을 만큼 완성도가 높았다.

"우와아!"

반짝이는 눈으로 바라보는 유리카 앞에서 달걀은 형형색색으로 빛나며 천천히 흐릿해지기 시작했다. 마지막에는 마치 신기루처럼 살짝 일렁이더니 공기 속으로 녹아내리듯이 사라졌다. 나나가 만든 달걀은 어디까지나 시범을 보여주기 위한 것이었고, 정규 술식을 따른 것도 아니었다. 실체를 유지하는 건 이 정도가 한계였다.

"굉장해요오. 저도 할 수 있을까요오?!"

"그건 유리카의 노력에 달렸지?"

"열심히 할게요오!"

솔직히 말해서 나나는 유리카가 마법을 자유자재로 구사할 수 있게 되리라고 기대하진 않았다. 달걀 수행도 마력으로 완전한 실체를 만들어 내는 경지까지는 이르지 못할 터였다. 유리카는 이 시점에 열네 살. 수행을 시작하기에는 너무 늦은 나이였다. 잘해봐야 초급 마법을 구사하게 되는 정도일 거라고 예상했다.

"그럼, 저도 한번 해볼게요오!"

유리카는 나나에게 달걀을 돌려주고 웬일로 의욕이 넘치는 모습을 보였다. 아무래도 동경하던 마법소녀가 되기 위한 첫걸음이라서 그런지 유리카도 진지했다.

"집중해, 유리카."

"다알~갸~알~ 나와라아~!"

의욕적인 모습과는 정반대로 느긋하게 늘어지는 목소리. 하지만 유리카는 진심이었다. 손바닥에 달걀의 감각을 재현하라는 나나의 지시를 충실하게 지키며, 조금 전까지 쥐고 있던 달걀을 필사적으로 손바닥 위에 그렸다.

"으으으으음~ 으~ 우으으으음~."

"어……?"

그러자 아주 잠깐, 유리카의 손바닥 위에서 마력이 흔들렸다. 유리카는 마력을 제어하지 못해서 현시점에서는 마력을 볼 수 없으므로 자신이 한 일을 알아채지 못했다. 그 사실을 알아차린 사람은 나나 혼자였다.

'어쩌면 이 아이, 터무니없는 재능을 숨기고 있을 지도…….'

나나의 눈에는 달걀 형태로 뭉친 마력이 보였다. 일반적으로 막 수행을 시작한 사람은 지금 유리카가 해낸 일을 할 수 있게 되기까지 아무리 빨라도 한 달은 걸린다. 실제로 역사상 가장 빠르게 아크 위저드가 된 나나조차 한 달 가까이 걸렸을 정도다. 그런데 유리카는 대뜸 그것을 해냈다.

'이게 우연이 아니라면, 이 아이는 내일 당장이라도 마력

이 보이지 않더라도 알 수 있는 수준까지 달걀을 만들어 낼 거야……. 만약 그렇게 되면…….'

마법사에게 있어 최대의 장애물은 상식과 고정관념이다. 마법이란 의지의 힘으로 마력을 인도해서 현실을 개변하려는 시도이므로 『마법 같은 건 없다』, 『내가 할 수 있을 리가 없다』라는 사고방식이 걸림돌이 된다. 나이가 많을수록 마법 수행이 어려워지는 이유 중 하나다.

그러나 유리카에게는 그런 게 없었다. 정말로 순수하고 순진하게 마법을 쓰려 하고 있었다. 뿐만 아니라 내재된 마력도 터무니없이 강력할 것이다. 그래서 유리카의 의지에 따라 마력은 달걀 형태가 되었다. 즉 유리카의 성격과 신체적인 자질이, 마법소녀라는 직업에 완벽하게 적합하다는 증거였다.

"아하하하하하. 역시 갑자기는 안 되나 보네요오."

"아, 아아, 응. 나도 달걀을 만들어낼 때까지 고생했으니까, 너무 신경 쓰지 마."

"조금 더 해볼게요오. 달걀 주세요오."

"그래, 그래."

경악하는 나나와는 다르게 다시 달걀을 달라며 손을 내민 유리카는 한없이 명랑하고 천진했다. 나나는 유리카에게 달걀을 건네면서 곰곰이 생각했다. 자신과 유리카의 만남은 어떤 거대한 운명의 이끌림일지도 모르겠다고. 나나가 그렇게 생각할 만큼 그때 느낀 놀라움은 컸다.

유리카의 수행은 순조로웠다. 나나의 예상대로 수행을 시작한 다음 날, 그녀는 눈에 보일 정도로 선명한 달걀을 만들었다. 촉감이나 무게까지 완벽하게 재현한 것은 일주일 후였다. 그 후로 본격적인 마법 수행을 시작했는데, 그때도 유리카는 놀라운 재능을 발휘했다. 그녀는 흡사 솜이 물을 빨아들이는 기세로 차례차례 마법 기술을 습득했다.

"오늘은 여기까지 하고 밥 먹자."

"저는 아직 괜찮아요오."

"넌 아직 못 느끼겠지만, 네 마력은 거의 다 떨어졌어. 오늘은 더 해봤자 성과가 없을 거야."

"그런가요오. 아쉽네요오."

유리카에게 마법 수행은 만화책을 읽는 것과 별 차이 없었다. 마법소녀에 관한 설정을 배우는 감각이었다. 하지만 열의는 시들 줄 몰라도 마력에는 안타깝게도 한계가 있었다. 이날 수행은 저녁 식사 시간 전에 마무리되었다.

습득하는 속도가 빠르고 의욕도 충분. 유리카의 마법 수행은 전혀 문제가 없었다. 어디까지나 마법 수행만.

"유리카, 오늘 저녁은 뭐 먹고 싶니?"

"볶음밥이랑 닭튀김이요오!"

"그것만으로는 영양이 불균형하니까 샐러드도 만들게."

"으엑~."

"네가 싫어하는 채소는 빼고."

"그러면 괜찮아요오."

"후후후…… 그럼 냉동해둔 밥 좀 해동해줄래?"

"네에♪"

역시 마법 선생이라 그런지 유리카는 나나가 하는 말은 잘 들었다. 유리카는 잽싸게 냉장고로 달려가서 냉동 밥을 꺼내 전자레인지에 던져 넣었다.

부우웅—.

그리고 전자레인지 문에 얼굴을 바짝 붙이고 회전판 위에서 돌아가는 밥을 지켜보았다. 나나는 그런 유머러스한 뒷모습을 보며 살짝 웃고는 저녁 식사 준비를 시작했다.

"어디, 볶음밥이랑 닭튀김이니까……."

수많은 재능을 타고난 나나는 요리도 어지간한 사람보다 더 잘했다. 한손에 식칼을 들고 닭고기를 써는 모습에서는 요리인의 분위기가 느껴졌다. 그녀는 거침없는 손놀림으로 고기를 거의 같은 크기로 잘라냈다.

부우웅—.

"밥은 앞으로 3분 남았어요오."

"그래—."

원래대로라면 식사 준비는 제자인 유리카가 몫이다. 그러나 나나가 맡는 데에는 큰 이유가 있다. 유리카를 부엌에 두면 위험하기 때문이다.

『꺄아아아아아아악!!』

『유리카?!』

퍼어어어엉—!

『꺄악! 꺄아~!!』

『소화기, 소화기!』

나나는 미리 자료를 확인했기 때문에 유리카가 집안일을 전부 가족에게 맡긴다는 사실을 알고 있었다. 어느 정도 알고는 있었지만, 집안일을 아예 못할 줄은 몰랐다. 설마 냄비가 폭발하거나 빨랫감을 너무 많이 넣어 세탁기가 엎어지는 정도일 거라고는 상상조차 못했다. 그래서 나나는 집안일을 본인이 하기로 했다. 유리카가 집안일을 배우기도 전에 세이프 하우스가 날아갈 우려가 있었다. 그리고 혼자서도 집안일을 할 수 있게 되기 전에 마법 수행이 먼저 끝날 것 같기도 했다.

'분명 유리카는 재능이 편중된 거야…….'

기본적으로 너그러운 사람인 나나는 호의적으로 해석했다. 그리고 나나는 집안일을 싫어하진 않아서 굳이 유리카에게 맡길 필요도 없었다. 결과적으로 그녀에게는 쉬운 일을 맡기고, 거의 모든 집안일을 본인이 처리했다.

삑— 삑— 삑—.

"밥 다 됐어요!"

"이리 가져와. 볶음밥부터 만들게."

"네~에!"

"그리고 달걀 좀 풀어줘."

"네에!"

그러나 나나의 이 판단이 훗날 유리카와 동거인들에게 비극을 초래하게 된다. 이때 나나가 유리카에게 어떻게든 집안일을 가르쳤다면, 나중에 많은 불행을 피할 수 있었을 것이다. 물론 이때의 나나와 유리카가 그 사실을 알 길은 없었지만.

유리카에게 받은 머플러를 바라보고 있으니 나나의 머릿속에 유리카와 보낸 나날이 새록새록 떠올랐다. 나나와 유리카가 함께 산 기간은 약 1년. 그동안 쌓인 추억은 놀랄 만큼 많다. 그래서 멍하니 서서 한동안 추억을 되새겼다.

"그렇구나……. 나는 아무래도, 외로웠나 봐……."

"어라아, 왜 그러세요오?"

그때 유리카가 짐이 든 박스를 안고 그곳을 지나갔다. 유리카는 멍하니 서 있는 나나를 보고 의아한 듯 고개를 갸우뚱했다.

"짐을 정리하다 이걸 찾았는데, 이걸 보니까 너랑 함께 했던 시간이 생각나서 잠시 추억을 되새기고 있었어."

"와아, 오랜만이다아. 그게 벌써 3년 전이네요오."

유리카도 머플러를 보고 미소 지었다. 고등학교 2학년인 유리카에게 3년은 인생의 6분의 1 정도 된다. 철이 들었을 무렵부터 계산하면 그 두 배는 되니까 유리카의 감각으로는 상당히 옛날 일처럼 느껴졌다. 하지만 나나와 함께 했던 시간은 생생하게, 지금도 기억 속에서 선명하게 남아 있다. 유리카에게도 무척 즐거운 나날이었다.

"나나 씨는 그때랑 달라진 게 없네요오."

"난 유리카를 만났을 때 이미 어른이 되기 직전이었는걸? 그러니 크게 변할 구석이 없지."

"듣고 보니 그러네요. 나나 씨는 몸집이 작으니까 연상이란 느낌이 없었어요오."

"아하하하. 대신에 유리키가 무럭무럭 사랐잖아. 몸도, 마음도."

나나는 박스를 안고 있는 유리카를 물끄러미 바라보았다. 유리카의 키는 3년 전에 비해 부쩍 자랐다. 하지만 유리카에게는 그 이상으로 성장한 부분이 있다. 바로 눈동자 속의 빛이다. 그 빛이 나타내는 의지의 힘은 3년 전과 비교조차 할 수 없을 만큼 강하고 크게 성장했다.

—그런데도 유리카는 그 시절 유리카 그대로구나……. 분명, 친구를 잘 만난 덕분이겠지…….

그리고 나나는 유리카가 숱한 전투를 치르고도 3년 전 마음을 그대로 간직하고 있다는 점이 무엇보다 멋지다고 생각했다. 목숨을 건 전투를 여러 번 경험해본 사람은, 웬만해서는 마음이 어느 정도 변하기 마련이다. 그 변화는 사람에 따라서 천차만별이지만, 공통적으로 전장이야말로 자신이 있어야 할 세계로 인식하게 된다. 물론 나나도 어느 정도 그런 감각을 갖고 있다. 그러나 신기하게도 유리카에게는 그런 변화가 일어나지 않았다. 유리카는 수많은 전투를 경험했음에도 불구하고 여전히 니지노 유리카 그대로였다.

나나는 유리카의 친구 — 코타로 일행과 고등학교 친구들 — 덕분이라고 생각했다. 아무리 힘겨운 전투를 치렀을지라도 분명 친구들이 유리카를 강제로 전사에서 『유리카』로 되돌렸을 것이다. 덕분에 유리카는 유리카인 채로 강해졌다. 말하자면 그녀가 그토록 동경하던 마법소녀가 될 수 있었다.

"그건 나나 씨도 마찬가지잖아요오."

"나?"

유리카는 박스를 내려놓고 경쾌한 발걸음으로 나나에게 다가와 옆에 털썩 앉았다. 그리고 손가락으로 나나의 작은 가슴을 콕콕 찔렀다.

"몸은 옛날 그대로일지도 모르지마안, 분위기는 그때보다 훨씬 부드러워진 것 같아요오."

"그래?"

"네에. 저는 예전의 나나 씨는 멋있다고 생각했는데에, 지금의 나나 씨는 근사하다고 생각해요오."

"내게도…… 변화가……."

유리카의 지적은 나나에게 뜻밖으로 다가왔다. 이제까지 자신에게는 어떠한 변화도 없는 줄로만 알았으니까. 하지만 불쾌하지 않았다. 오히려 기뻤다. 만약 정말로 변화했다면, 나나는 그 원인으로 짐작 가는 게 있었다. 나나는 그 원인의 손을 잡고 양손으로 살포시 쥐었다.

"나나 씨?"

"내가 변했다면, 그건 틀림없이 유리카 덕분일 거야. 고마워."

"에, 에이…… 저는 아무것도 안 했는데에……. 그리고 사토미 씨랑 다른 분들도 있는걸요오……."

유리카는 혼날 때는 많아도 칭찬받을 때는 별로 없었다. 그래서 지금 나나처럼 대놓고 칭찬하거나 감사하는 마음을 드러내면, 유리카는 기쁨보다도 수줍음을 더 많이 느꼈다.

"그럴 수도 있겠지만, 난 유리카랑 함께한 시간이 제일 기니까 역시 유리카의 영향이 제일 크다고 생각해."

나나는 줄곧 유리카와 전투는 어울리지 않는다고 생각했다. 전장보다는 따뜻한 욕탕 속이 잘 어울린다고 생각했다. 그러나 아무래도 나나 자신도 그랬던 모양이다. 어느샌가 전사로 변한 나나를, 유리카가 따뜻한 욕탕 속으로 끌고 돌아와 준 것이다.

"그, 그렇지. 나나 씨도 106호실에서 살면 되겠네요오!"

"하지만 거기에 사람이 더 늘어나면 큰일이잖아?"

"괜찮아요오. 클란 씨랑 티아에게 부탁해서어, 벽장을 확

장할 생각이거든요오."

묘하게 쑥스러워진 유리카는 열심히 화제를 딴 데로 돌렸다. 하지만 다시 나나와 함께 살고 싶다는 마음에 거짓은 없었다. 나나는 어렸을 때부터 수행과 임무가 삶의 전부였으며, 전장에서 크게 다치고 불편하게 살아야만 했다. 나나는 제대로 된 어린 시절을 보내지 못했다. 그런 그녀가 모처럼 기운을 차렸으니, 모두와 함께 복작복작한 생활을 보내는 게 좋은 건 당연하다. 그것은 틀림없는 유리카의 진심이었다. 줄곧 그렇게 생각했고, 때마침 화제를 돌리고 싶었던 차라 솔직하게 말할 수 있었다.

"음, 확실히 그 두 사람이라면 쉽게 해낼 것 같네."

"그쵸? 그러니까 같이 살아요오. 이젠 예전처럼 바쁘지도 않잖아요오."

"음, 어쩌지……."

나나는 살짝 고개를 갸웃하며 생각했다. 유리카의 제안은 확실히 매력적이었다. 나나도 자신에게 이른바 어린 시절이라는 게 결락되었다는 자각은 있었으니까. 하지만 외모를 떠나서 나나는 유리카와 그 친구들보다 훨씬 나이가 많다. 그런 자신이 유리카 일행 사이에 끼어들어도 되는 걸까— 그런 막연한 의문이 존재했다.

"무조건 106호실에서 살라는 얘기는 아니에요오. 재미난 일을 할 때, 바로 달려올 수 있는 곳에 살았으면 좋겠어요오."

"유리카……."

유리카는 어느새 양손으로 나나의 손을 꽉 쥐고 있었다. 조금 전과는 구도가 반대였다. 나나는 그런 유리카의 손에서 온기와 힘을 느끼고 마음이 갈팡질팡 흔들렸다. 함께 살고 싶다. 손이 닿는 곳에 있어주길 바란다. 그 부탁은 인생의 태반을 홀로 살아왔던 나나에게 너무나도 매력적인 제안이었다.

—앗…….

그 순간, 무엇인가가 망설이는 나나의 등을 밀어주었다. 다름 아닌 그녀와 유리카의 손에 시선을 떨어뜨렸을 때 눈에 들어온, 3년 전 유리카에게 빌은 털실 머플러. 나나는 일단 눈을 감고 크게 숨을 내뱉었다. 그리고는 수줍음이 살짝 묻어나는 목소리로 유리카에게 말했다.

"……알았어. 같이 살자."

"정말요오?! 아싸아아아아아!!"

난처해 보이는 나나와는 반대로 유리카는 마치 어린아이처럼 기뻐했다. 유리카는 코타로 일행과 함께 사는 생활을 좋아했지만, 줄곧 나나가 마음에 걸렸다. 나나와 그녀 사이에는 즐거운 추억이 한가득 있었고, 무엇보다도 자신 때문에 크게 다친 나나를 도저히 혼자 두고 싶지 않았다.

"……있잖아, 유리카. 하나 물어볼 게 있는데."

한껏 신이 난 유리카. 그런 유리카를 지켜보던 나나는 이

기회에 계속 궁금했던 것을 물어보기로 했다. 지금이 딱 좋은 때라고 생각했다.

"그럼 맨 먼저어, 커플 잠옷을 사러— 앗, 뭔데요오?"

유리카의 머릿속은 이미 새로운 생활로 가득 차 있었다. 유리카는 함박웃음을 지으며 나나 쪽을 보았다.

"왜 그날 내게 머플러를 주었니?"

"……어어, 그건 말이죠오……."

유리카는 생각에 잠겼다. 머릿속을 채운 생각을 일단 전부 쫓아내고 3년 전 기억을 끄집어냈다. 다행히 유리카에게도 인상적인 사건이었기 때문에 선명하게 남아 있었다.

"그러니까아, 이렇게 조그만 아이가아, 춥게 입고 열심히 사는구나 싶어서 그랬던 것 같아요오."

"실제로는 연상이었는데도?"

"그때는 몰랐어요오! 나나 씨는 귀여우니까아, 어린애가 애써 어른인 척하는 것처럼 보였다구요오!"

"애써 어른인 척…… 후후, 후후후후훗."

나나는 웃음을 터뜨렸다. 전적으로 유리카의 말이 옳다고 생각했기 때문이다. 레인보우 하트에 들어온 덕분에 나나는 어린 시절을 건너뛰고 어른이 되고 말았다. 그 부족한 부분을 채워준 것은 다름 아닌 유리카이며, 분명 앞으로도 그럴 것이다. 그렇게 생각하자 나나의 마음이 요동치기 시작했다.

"그 얘긴 그만하고오, 정리가 끝나면 같이 장 보러 가요오."

"응? 뭐 살 거 있어?"

"그야 당연히 커플 잠옷이죠오! 구색부터 갖추는 게 중요하다고 하잖아요오!"

"여러모로 어렵네."

"맞아요오. 여자아이가 되는 길은 험하다구요오."

"후후훗…… 나도 요즘에야 그걸 알 것 같더라."

3년 전에 병아리였던 사람은 유리카만이 아니다. 나나 또한 병아리였다. 그로부터 3년이 지났지만, 유리카와 나나는 지금도 여전히 병아리다. 몸은 부쩍 자랐지만 노란 날개가 그대로 달려 있다. 두 사람이 어엿한 어른이 되려면 아직 시간이 더 필요하리라.

Episode 3
추억의 장소에서

그것은 화창하고 상쾌한 아침에 일어난 일이었다. 코타로와 시즈카가 선생님이 되어 코로나장 뒤편에서 루스와 클란을 가르치는 사이에, 사복 차림의 키리하와 마키가 106호실에 나타났다. 둘 다 평소처럼 예뻤지만, 전체적으로 평소보다 복장을 더 잘 갖춰 입고 있었다. 그래서 시즈카는 깨달았다.

"응? 둘이 나들이라도 가?"

그것은 완전무장한 『좋아하는 남자에게 보여주고 싶은 모습』도 아니었고, 약간 허술한 『여가를 보낼 때의 모습』도 아니었다. 화려하지 않았으나 그렇다고 지나치게 수수하지도 않았다. 시즈카가 여자의 감으로 판단한 결과, 어딘가 멀리 놀러갈 때 입기에 적합한 복장이었다.

“나들이라고 볼 수도 있겠지만, 둘이 함께 가는 건 아니다.”

“우연히 나가는 게 겹쳐서 그렇지, 각자 다른 일로 외출하는 거예요.”

시즈카의 질문에 키리하와 마키는 미소로 대답했다. 이날은 일요일. 두 사람은 각자의 친구와 약속하고 놀러 나가는 길이었다. 하지만 두 사람을 부른 친구는 서로 다른 그룹. 키리하와 마키는 어쩌다 보니 동시에 나왔을 뿐이지 함께 놀러 나가는 것은 아니었다.

“그럼 다녀오지.”

“다녀오겠습니다, 여러분.”

약속 시간이 가까웠기 때문에 키리하와 마키는 대화를 그쯤에서 마무리 짓고 일동 앞을 지나갔다. 둘 다 약속을 칼같이 지키는 편이라서 대화를 나누다가 지각하는 일을 용납할 수는 없었다.

『잘들 다녀와―.』

코타로와 시즈카, 클란과 루스는 훈련을 멈추고 두 사람을 배웅했다. 두 사람은 코로나장 부지와 도로가 만나는 지점에서 가볍게 손인사를 하고는 키리하는 오른쪽, 마키는 왼쪽으로 각자 약속 장소로 향했다.

“……그런데 카사기 씨.”

“응?”

“나들이라는 건 어떻게 알았어요?”

"어휴, 사토미 군도 참……. 우리가 하루 이틀 같이 산 것도 아닌데, 슬슬 눈치 좀 챙기지?!"

"그게 말처럼 쉽나요."

"……벨트리온에게 그런 점을 기대하는 건 가혹하지 않나요?"

"……저는 그런 점이 그…… 사랑스럽다고 생각하는데요……."

"자, 거기 앉아!"

"예……."

"기초 중의 기초부터 시작하자고! 먼저 헤어스타일의 미묘한 변화부터—."

두 사람이 시야에서 사라지자 코타로와 소녀들은 훈련을 재개했다. 하지만 내용은 어느새 검술과 격투기가 아닌 다른 것으로 바뀌었다.

키리하는 같은 반 친구가 중심인 그룹과 함께 놀러 나왔다. 킷쇼하루카제 고등학교에서 그녀는 인망이 두터운 모범생으로 통하기 때문에 가끔 이렇게 친구들이 같이 놀자고 할 때가 있었다. 그리고 그럴 때는 보통 누군가가 키리하에게 상담할 거리가 있는 경우가 많다. 언제나 명쾌한 답을 주는 키리하는 남녀를 불문하고 주위에서 신뢰받고 있었다.

그리고 상담해준 답례를 겸하여 그녀를 불러서 함께 노는 것이었다.

"……딱히 그럴 생각은 없었는데, 주위에서 그렇게 보였나 봐."

"문제는 당신이 좋아하는 사람과 얘기할 때, 소꿉친구가 없더라도 괜찮은가 하는 부분 아닌가요? 소꿉친구 도움 없이 말을 못 한다면 좋아하는 사람과의 교제는 어차피 성공 못해요. 게다가 당신의 교제에 소꿉친구를 끼워 넣는 건 우정을 이용하는 나쁜 짓이기도 하고요."

"……내게 정말 필요한 게 어느 쪽인지, 선택하라는 얘기야?"

"네. 그게 소꿉친구를 좋아하는 후배에게 주는 답도 되지 않을까 싶어요."

"응, 알았어. 잘 생각해 볼게. 고마워, 쿠라노!"

다행히 이날의 상담자도 고민이 해결되었는지 후련한 미소를 지었다. 그 모습을 확인한 키리하도 안도의 한숨을 내쉬며 미소 지었다. 그녀 자신도 10년 넘게 짝사랑 중인 몸이었으니, 타인이라 할지라도 그게 진지한 연애 감정이라면 가볍게 볼 수 없었다.

"그러고 보니 키리하, 넌 어때?"

"뭐가요?"

"모르는 척하긴— 남친 말이야, 남친. 키리하라면 한두 명쯤 있을 것 같은데!"

"그런 사람 없어요."

"뭐—? 말도 안 돼! 그럼 그 사람은? 청기사 님."

"사토미 군 말인가요?"

"응, 응. 성실하고 부지런해서 좋잖아."

"그건 그렇지만, 그 사람은 좀처럼 절 봐주지 않거든요."

"아하하하~. 역시 키리하도 자기 연애는 마음처럼 안 풀리는구나?"

키리하의 경우, 처음에는 그저 계획에 필요했기 때문에 킷쇼하루카제 고등학교에 다니기 시작했다. 고등학교에서 배우는 내용은 몇 년 전에 다 배웠고, 정신연령도 그 위였다. 하지만 지금은 고등학교에 다니길 정말 잘했다고 생각한다. 학창 생활을 보내면서 지상의 인간에 관해서 똑똑히 알 수 있게 되었으며, 좋은 친구를 많이 사귀었다. 처음 체험하는 일도 적지 않았다. 고등학교를 다니면서 키리하는 지저에 틀어박혀 있었다면 몰랐을 것들을 많이 알게 되었다.

마키는 부활동을 하며 알게 된 사람들과 놀러 나왔다. 기본적으로는 코스프레 연구회 사람이었고, 그 외에 다른 부 사람도 몇 명 있었다. 복식 연구회나 만화 연구회 등, 코스프레 연구회와 교류가 있는 부다. 이날 그녀들의 목적은 코스튬 연구였다. 유원지의 연기자를 관찰하며 애니메이션 캐릭터의 의상을 어떻게 현실에 재현하고 있는지 배울 생각이었다. 하지만 그것은 어디까지나 명분. 실제로 유원지에 도착하자 그녀들은 바로 탈선을 시작했다.

"……의상을 실제로 만들었을 때 생기는 모순점을 한곳에 모으고 방패를 등에 져서 감추었구나. 저 방패를 치우지 않는 한 모순점은 드러나지 않아……."

"아, 진짜— 마키는 너무 성실하다니까!"

"하지만 모처럼 여기까지 왔으니—."

"—왔으니까 놀아야지! 자, 가자!"

연구 목적이라고 불렀기 때문에 마키는 제대로 연구를 하고 있었다. 하지만 다른 소녀들은 순식간에 목적을 잊고 놀 생각으로 가득했다. 마키는 아주 잠깐 난처한 표정을 지었지만, 곧바로 그녀도 미소를 지었다. 최근 들어 마키는 청소년 특유의 논리 비약에도 관용을 보일 줄 알게 되었다. 그래서 마키의 인상은 한결 부드러워졌고, 그녀의 인간관계에도 긍정적인 영향을 미쳤다.

"그건 그렇고…… 마키 말야, 사토미랑 사귀어? 우리 부 남자애들이 물어보라고 어찌나 시끄러운지."

"사귀지는 않는데요."

"그런데 두 사람 사이에서 풍기는 분위기는 그게 아니란 말이지."

"그런가요?"

"오래 사귄 연인? 못해도 소꿉친구처럼 보여. 뭐랄까, 굳이 말을 안 해도 서로 뭘 하고 싶은지 아는…… 그런 느낌?"

"그렇지만 정말로 작년에 처음 봤고, 사귀는 사이도 아니에요."

"그럼 우리 부 애들이 고백하면 받아줄 거야?"

"그건……."

"사토미를 좋아하긴 하는구나?"

"으음…… 네."

마키는 귀여움과 진지함이 공존하고, 은근히 공허한 분위기도 풍긴다. 그래서 그녀는 은근 인기가 많다. 하지만 같은 이유로 다들 말 걸기를 어려워해서 숨은 인기는 숨은 인기로 끝났다. 그런데 요즘 붙임성이 좋아지면서 말을 걸기도 쉬워졌다. 덕분에 마키의 인기는 급격히 상승하는 중이었다. 친구들이 같이 놀자며 그녀를 자주 불러내는 것도 같은 이유다. 물론 마키는 전혀 자각하지 못했다. 그래도 자신이 좋은 쪽으로 변하고 있다는 것만큼은 마키도 알 수 있었다.

그렇게 두 사람은 독자적으로 인간관계를 구축했고, 그 결과 오늘 따로 놀러 나오게 된 것이었는데, 여기서 생각지도 못한 일이 일어났다.

"어머, 키리하 양?"

"마키, 그대도 여기에 오다니."

놀랍게도 두 사람은 유원지에서 재회했다. 두 그룹이 미리 말을 맞춘 건 아니었다. 정말로 우연히 두 그룹의 목적지가 같은 유원지였을 뿐이다. 작은 지방 도시인 킷쇼하루카제시에는 학생들을 위한 관광 명소가 그리 많지 않긴 하지만, 그래도 이건 대단히 드문 우연이라 할 수 있었다.

"왜 그래, 키리하…… 어? 아이카잖아."

"안녕하세요."

"마키, 아는 사람이야?"

"같은 반 친구예요."

"세상에 이런 우연도 다 있구나……. 그래, 이것도 인연인데 우리 같이 다닐래? 그게 더 재밌을 것 같아!"

독자적으로 구축된 두 인간관계는 여기서 하나가 되었다. 기왕 유원지에 왔으니 다 같이 놀면 더 즐겁다— 그런 단순한 이유에서 두 그룹은 함께 놀이기구를 타러 돌아다니게 되었다.

"이런 희한한 우연도 다 있네요."

"음. 아침에 집을 나설 때는 전혀 예상하지 못했는데 말이지."

"아하하하. 저도요. 그래도 재밌을 것 같지 않아요?"

"그렇군. 그야말로 인연이니 재미있게 놀다 가자고."

물론 마키에게도 키리하에게도 이견은 없었다. 지금 두 사람은 그것이 무척 중요하다는 사실을 잘 알기 때문이다.

TV 애니메이션 갑충왕자 카부통가는 작년, 10년 만에 새 시리즈가 제작되었다. 평가도 아주 좋아서 바로 속편 제작까지 결정되었다. 유원지에서는 붐에 맞춰서 특별전을 열었고, 일행은 그곳을 방문했다. 그리고 마키는 그곳에서 키리하와 함께 쇼핑하는 중이었다.

"키리하 양이 이런 쪽에 관심이 있는 줄은 몰랐어요."

"나도 옛날에는 어린애였으니까. 여기 있으니 그때의 기억이 생생하게 되살아나서…… 감회가 남다르군."

뜻밖에도 키리하는 카부통가 특별전에 지대한 관심을 보였다. 마키는 키리하를 높이 평가하고 정신연령도 어른이라고 생각했기 때문에 키리하가 카부통가 전시물을 보거나 굿즈를 뚫어져라 구경하는 모습에 깜짝 놀랐다.

"그런데 키리하 양은 여자인데…… 아무리 어린 시절 추억이라고 해도 남자애들이 보는 만화를 좋아하는 모습을 상상하기가 어렵네요."

"그렇겠지. 아마 나도 애니메이션을 본 추억뿐이었다면 10년이나 기억하고 있지는 않았을 거야."

키리하는 그렇게 말하면서 조용히 웃고는 품속에서 낡은 카드를 꺼냈다. 그것은 과거에는 금속 같은 광택을 자랑했을 카부통가 트레이딩 카드였다. 표면에는 매직으로 지렁이가 꿈틀대는 듯한 글자가 적혀 있었다. 10년 전 — 정확히는 11년 전이지만 — 키리하가 쓴 것이다.

"무슨 일이 있으면 늘 그 카드를 바라보았죠?"

"맞아. 이건 10년 동안 지켜왔던 마음을 증명하는 거야. 그래서 이걸 보고 있으면 용기가 솟지. 뭐…… 부적 같은 거랄까."

"그 카드 얘기를 해줄 수 있나요? 10년 동안 지켜왔던 마음 얘기도요."

마키는 그 카드에 관심이 있었다. 큰 전투에 나서야 할 때, 키리하는 항상 이 카드를 바라보았다. 그래서 키리하 정도 되는 사람이 그걸로 어떻게 용기가 나는 건지 꼭 알고 싶었다.

"흠…… 다 듣고 나서 그대도 동등한 이야기를 들려주겠다고 약속한다면야."

물론 키리하에게 특별한 의미를 갖는 이야기다. 그래서 쉽게 말해줄 수는 없었다. 마키도 동등한 대가를 치러야 했다. 키리하는 마키가 그만한 대가를 치를 수 있다는 사실을 알고 있기에 그렇게 대답했다.

"알겠어요. 약속할게요."

마키는 미소 지으며 고개를 크게 끄덕였다. 그녀도 키리하의 이야기만 일방적으로 듣고 끝낼 생각은 전혀 없었다. 점심을 사달라고 하면 사줄 생각이었고, 다른 걸 요구하더라도 얼마든지 보답할 생각이었다. 물론 소중한 추억을 이야기하라는 것도 상관없었다.

두 그룹이 합쳐지면서 큰 문제가 하나 생겼다. 바로 점심 먹기가 불편하다는 것이었다. 전부 합쳐서 십여 명이었기 때문에 유원지 내의 식당에서 자리를 확보할 수가 없었다. 그래서 일행은 일단 해산했다가 점심을 먹고 다시 집합하는 방법을 선택했다. 이렇게 하면 멤버가 여러 식당으로 분산되니 단체로 앉을 자리를 확보할 수 없다는 문제가 해결되고, 각자 먹고 싶은 것을 먹을 수 있다. 한꺼번에 많은 자리를 확보할 수 없는 상황에서는 적절한 판단이었다.

"그럼, 어디서부터 이야기할까……."

"키리하 양은 어떤 아이였나요?"

이를 좋은 기회로 여긴 키리하와 마키는 크레이프와 셰이크를 들고 볕이 잘 드는 잔디밭에 앉았다. 집합 시간까지는 아직 한 시간 넘게 남았다. 햇살도 따스해서 느긋하게 대화를 나누기에 딱 좋았다.

"어린 시절엔 활발했지."

"상상이 안 돼요."

"음, 다들 한결 같은 반응이군……. 말하자면 말괄량이라는 말이 어울리는 아이였어. 늘 잠시도 가만히 있질 못했고, 움직이는 게 불편해서 머리도 짧게 잘랐지."

"남자아이 같았군요?"

"맞아. 그래서 카부통가 같은 것에 관심을 가졌어."

"아하하, 그건 그렇겠네요."

키리하는 약속대로 어린 시절 이야기를 시작했다. 그녀가 왜 카부통가를 좋아하는지, 그리고 왜 카드를 부적처럼 지니고 있는지, 그 원인이 된 사건이 무엇인지.

"하지만 그게 잘못이었는지도 몰라. 어머니가 돌아가신 후 심리적으로 불안정하던 시기에, 난 사소한 엇갈림으로 아버지와 크게 싸웠지. 그리고 오기가 생긴 나는 홀로 지상에 올라와 버렸어."

"확실히, 얌전한 아이였다면 그런 일이 일어나지 않았을 수도 있겠네요."

"그래. 그리고 그게 바로 모든 일의 원인이었어. 말괄량이였기 때문에 나는 그 사람과 만나게 되었고…… 이 카드를 얻었지."

키리하는 다시 카드를 꺼내서 물끄러미 바라보았다. 그리움과 깊은 애정이 공존하는, 온화하고도 강렬한 눈빛. 마키는 그 눈빛에서 키리하의 마음속 감정이 전해지는 것 같아

덩달아 가슴이 두근거렸다.

"어머니는 돌아가시기 전에 내게 이런 말씀을 남기셨어. 『만약 내가 죽는다면 하늘에서 빛나는 파란 별이 되어 너를 지켜볼 거야』라고. 그래서 가출해서 지상으로 올라온 나는 하늘을 가로지르는 파란 유성이 어머니라고 생각했지."

"10년 전의 파란 유성…… 그건 분명……."

마키는 키리하의 이야기를 들으며 몇 가지 짚이는 바가 있었다. 마야에게서 파란 유성이 하늘에 나타난 밤에 마력을 무효화하는 검을 쓰는 남자가 나타났다는 이야기를 들은 적이 있었다. 또한 최근에는 클란에게서 2천 년 전 포르트제에서 돌아오는 길에 10년 전 세계에 들렀다는 이야기도 들었다. 그래서 퍼뜩 깨달았다.

"……그 유성을 따라갔다가 사토미 군을 만났군요?"

코타로는 10년 전, 『요람』을 타고 지구로 돌아왔다. 그리고 시간을 멈춰서 10년간의 잠에 들기 직전, 어머니를 찾아 헤매던 어린 키리하와 만났다.

"그렇지. 그 시절 나는 정말 말괄량이였으니까, 코타로를— 오빠를 난처하게 만들기만 했고……."

"사토미 군은 원래 그런 사람이니까, 방황하던 키리하 양을 그냥 내버려두지 못했겠죠."

"정확해. 돌이켜보면 부끄러워서 쥐구멍에 들어가고 싶을 지경이야."

키리하는 그렇게 말하며 뺨을 붉혔다. 하지만 그녀가 뺨을 붉힌 이유는 수치심 때문이 아니었다. 카드의 그림이 퇴색되더라도 결코 퇴색되지 않는 추억이 그녀의 가슴을 가득 채웠기 때문이었다.

"그런 나를 어떻게든 아버지에게 돌려보내려고 오빠가 나랑 약속을 했는데, 바로 극장판 카부통가를 보면 돌아간다는 거였어."

"아하, 뭐가 어떻게 된 건지 알겠네요."

마키는 미소 지었다. 키리하가 카부통가에 집착하는 이유. 아직도 카드를 소중하게 여기는 이유. 그런 일을 겪었다면 이러는 게 당연하다. 마키는 자신이 키리하라도 분명 똑같았을 것이라고 확신했다.

"이 유원지에 와서 애니메이션을 보고, 카드를 받고…… 여러 놀이기구를 탔어. 그런데…… 저것만은 타지 못했지."

"롤러코스터요?"

"키가 탑승 커트라인인 140cm보다 작았거든. 그때는 어찌나 분했는지."

"후후…… 귀여운 얘기네요."

"그 시절엔 나도 어린애였으니까."

거기까지는 웃음을 머금은 채로 말하던 키리하는 불현듯 얼굴에 그늘을 드리우고 목소리 톤도 살짝 내려간 채로 말을 이어나갔다.

"……그리고 돌아가는 길에, 나는 지저 급진파에게 습격당했어."

"아……."

마키도 건너건너 아는 이야기였다. 10년 전이면 마야가 지저인과 접촉하기 시작했을 무렵. 마야는 공작원으로서 지저의 정치에 개입하고 있었을 것이다. 그리고 지상에서 사건이 터졌다면 높은 확률로 마야가 관련된 일일 터다. 그러나 키리하는 굳이 그 사실을 언급하지 않았다. 키리하는 마키를 책망하고 싶은 게 아니었거니와 그렇게 할 이유도 없었다. 그녀에게는 그보다 더욱 중요한 것을 전하고 싶었다.

"그 일 때문에 그 사람은 딜레마에 빠졌어. 그날은 그 사람의 어머니가 돌아가신 날이기도 했거든. 그래서 나를 구하거나, 어머니를 구하거나. 둘 중 하나를 선택해야 했지."

"그건……."

코타로는 타임 슬립을 했기 때문에 어머니가 돌아가신 시간과 장소를 정확하게 알고 있었다. 그러나 그쪽으로 가면 『키이』가 제물이 되어 목숨을 잃을 터였다. 어머니인가, 아니면 만난지 얼마 안 된 어린 소녀인가— 극단적인 양자택일이었다.

"……결국 그 사람은 날 선택하고 말았어. 나를 먼저 구하고 어머니를 구하러 가는 게 옳은 답이라면서."

"그건 정말…… 사토미 군다운 생각이네요."

"하지만 그 탓에 그 사람은 어머니를 구하지 못했어. 심지어 다시 어머니를 잃는 슬픔까지 맛보게 되었지."

키리하는 그렇게 말하며 눈을 내리깔았다. 키리하의 삶에서 자신의 무력함이 이토록 고통스러웠던 적은 그 이전에도 이후로도 그때뿐이다. 그리고 가장 큰 실패였다.

'그런 일이…….'

키리하는 울지 않았다. 하지만 마키는, 어쩌면 그녀가 울고 있는지도 모르겠다는 느낌이 들었다.

"통곡하는 그 사람을 보고…… 나는 어린 마음에 생각했어. 어른이 되면 힘을 키워서, 내가 그 사람의 버팀목이 되어주고 싶다고."

"좋아하게 된 거군요……."

"좋아하게 된 건 그보다 전이었을 거야. 하지만 바로 그때, 서로 지탱하는 사이가 되고 싶다고 생각했지. 그 사람에게는 내가 필요하고, 내게는 그 사람이 필요하다고."

"한 여자로서 사랑하게 되었군요."

"그때까지 명확한 자각은 없었을 거야. 그저 필사적이었을 뿐. 반드시 그 사람을 구해서, 함께 행복해지자고……."

거기까지 말하고 나서야 키리하는 미소를 되찾았다. 그때의 결심이 10년 동안 키리하를 지탱했고, 지금의 그녀를 웃게 했다. 깊고도 강한 애정이 그곳에 있었다.

"그리고 아이였기 때문에 바보처럼 믿었어. 이 만남은 운

명이 틀림없다고. 포기하지 않고 계속 마음속에 간직하고 있으면 반드시 멋진 일이 일어나리라고."

"……포기하지 않아서 다행이네요."

"솔직히, 10년 후에 다시 지상에 올라왔을 땐 반쯤 포기한 상태였어. 좋은 의미로도 나쁜 의미로도 어른이 되었으니까."

"그런데도 완전히 포기할 수는 없었던 거죠?"

자신이 키리하와 같은 처지였다면 포기하지 못했을 것이다. 그러니 분명 키리하도 그랬을 것이라고 마키는 생각했다. 두 사람은 같은 사람을 좋아하기 때문에 마음을 잘 알았다.

"그래. 10년이나 짝사랑을 하다 보면 영혼에 새겨지게 되지. 머리로는 알지만 마음이 받아들이질 못하는 거야. 그래서 꼭 확인하고 싶었어. 그 사람이 행복하게 살고 있는지."

10년의 단절은 사람과 환경을 변하게 한다. 키리하가 그랬듯이. 그래서 그녀는 첫사랑의 상대가 행복하게 살고 있는지만 확인하면 만족할 수 있었다. 억지로 자신을 받아들이게 하겠다는 생각은 애초에 하지도 않았다.

"운 좋게도 나는 그 사람과 다시 만났고…… 지금 이렇게 곁에 있게 되었어. 세상에 과연 이보다 더 기쁜 일이 있을까?"

키리하는 풍만한 가슴 위에 두 손을 얹으며 정말로 행복하게 웃었다. 지금은 지저의 문제가 무사히 해결되었을 뿐만 아니라, 한 여성으로서 누릴 수 있는 최고의 행복에도 차츰 가까워지고 있다. 이제는 그저 그를 생각하기만 하면 되었다. 어렸을 때부터 계속 그래왔듯이.

"그런 일이 있었다니, 카드가 어떤 의미를 갖는지 이제야 알겠어요. 인연과 애정, 맹세가 하나가 된 증거인 거군요."

"맞아, 바로 그거야."

"후후, 그럼 꼭 행복해져야겠는데요? 키리하 양도, 사토미 군도."

"당연히 그래야지. 그걸 위해서라면 그 어떤 모진 풍파도 기꺼이 견뎌낼 수 있어."

"잘 알아요, 그 마음. 저도 그랬으니까."

마키도 미소를 되찾고 키리하와 함께 웃었다. 마키의 가슴속에도 같은 감정이 있었다. 그래서 키리하의 각오는 곧 마키의 각오이기도 했다.

"그럼 마키. 이번에는 그대의 이야기를 들려다오."

"키리하 양처럼 장대한 이야기는 아닌데요……."

"이야기의 길고 짧음은 중요하지 않아. 그대가 지금의 모습을 찾기까지 어떠한 여정을 거쳤는지가 중요하지."

"그럼…… 조금 창피하지만……."

그리하여 이번에는 마키가 이야기를 시작했다. 고독과 불신에 시달리는 삶 속에서 하염없이 사랑을 갈구하였지만, 타인에게 아픔을 주는 방식으로만 존재할 수 있었던 소녀의 이야기. 악의 마법소녀 다크 네이비가, 아이카 마키라는 평범한 소녀가 되기까지의 사소한 이야기다.

마키가 사토미 코타로라는 인물을 보고 느낀 첫인상은 육체적인 능력이 뛰어날 뿐 아니라 심리전에도 능숙한 강적이었다. 마법소녀로서의 상식과 착각에서 비롯된 과대평가 탓이었다.

“키리하 양도 알다시피…… 저는 사토미 군을 심리전이 뛰어난 강적이라고 생각했어요. 유리카에게 코스플레이어를 자처하게 한 건 정체를 숨기는 최고의 아이디어라고 믿어 의심치 않았죠.”

마키는 그것을 인정하기가 부끄러웠다. 그래서 그녀는 살짝 뺨을 붉히고 어색함을 무마하려는 듯이 크레이프를 한 입 먹었다.

“항상 비밀을 지켜야 하는 마법소녀이니 그렇게 생각하는 것도 당연하겠지.”

“설마 순전히 오해와 착각으로 코스플레이어 취급당했을 줄은 상상도 못 했어요. 게다가 실제로 싸워보니 생각보다 강하기도 했고요.”

다행히 키리하는 마키가 부끄러워하는 부분을 추궁하지

않고 그저 부드럽게 미소 지으며 들었다. 그래서 마키는 마음을 가다듬고 셰이크를 한 모금 마시고 난 다음 이야기를 계속했다.

"그래서 처음에는 사토미 군을 어떻게 쓰러뜨릴지만 생각했어요. 물론 강적으로 착각한 상태였으니까 사토미 군의 행동을 멋대로 작전으로 착각해서 혼자 설쳐대길 반복했고……. 지금 생각해보면 어찌나 바보 같은지. 참 한심하다니까요."

그렇게 말하며 마키도 웃었다. 하지만 그녀의 웃음에는 자조하는 감정이 다수 섞여 있다. 그녀는 존재하지 않는 적과 싸우고 있었으니 어쩔 수 없는 노릇이었다. 당사자인 코타로는 마키가 적이라는 것조차 깨닫지 못했다.

"그럼 무엇이 그대의 오해를 풀었지? 그 상황에서는 웬만큼 큰일이 아닌 한 깨닫기도 힘들었을 텐데."

원맨쇼를 거듭하면 거듭할수록 오해는 깊어지고, 어쩌면 그게 착각일지도 모른다는 생각조차 못 하게 된다. 그런데 의지가 강한 마키의 마음이 순식간에 뒤집힐 정도라면 어떤 큰 전환점이 있었을 터다.

"후후후, 키리하 양은 못 당하겠네요……. 정확해요. 전 야생의 마물과 싸우다 중상을 입고 죽을 뻔했던 적이 있어요. 저는 그때 겨우 사토미 군이 어떤 사람인지 알 수 있었죠."

지금도 또렷하게 기억났다. 죽어가던 그 순간, 마키는 어린 남자아이의 꿈을 꾸었다. 사고로 세상을 떠난 어머니의

피를 뒤집어 쓴 채 꼼짝도 못하는 어린 코타로였다. 그리고 코타로는 반대로 중상을 입고 죽어가던 어린 마키를 보았다. 두 사람은 그때 깨닫게 되었다. 서로 의지하며 살아가게 될 상대임을.

"그때부터는 전부 반대로 뒤집혔어요. 그 사람이 신경 쓰여서 늘 그 사람만 바라보았죠. 어떻게 해야 마음에 들 수 있을까, 어떻게 해야 그 사람을 지킬 수 있을까 하는 생각만 했어요. 그런데 저는 다크니스 레인보우의 마법소녀이니까 필사적으로 임무라고 변명하면서 감정을 속였고……. 돌이켜보면 그것도 참 부끄러운 일이네요."

마키는 코타로를 믿게 되었다. 그녀가 마법소녀가 된 이후로 처음 있는 일이었다. 코타로가 자신을 좋아해 줬으면 좋겠다거나 코타로를 지켜주고 싶다는, 평범한 여자아이 같은 감정을 품게 되었다. 하지만 겁이 많은 마키는 다크니스 레인보우의 임무라는 명분을 떨쳐낼 수 없었기 때문에 그 명확한 감정을 줄곧 속여왔다. 남들에게는 뻔히 다 보였지만.

"적이 아니라는 걸 알았지만, 사랑한다는 걸 인정할 수도 없었다는 거군……. 삶의 방식을 바꾸기란 어려운 법이지."

"그걸 인정하기까지는 시간이 더 필요했죠. 하지만 밝은 세상에서 보내는 시간이 제 감정을 조금씩 바꾸어갔어요. 그래도 다크니스 레인보우로 살아가는 방식까지 바꾸지는 못했지만……."

평범한 여고생으로 살아가는 나날이 마키의 마음을 천천히 바꿔나갔다. 과거의 그녀는 사람을 믿지 않았고 세상을 부정적으로 보았다. 하지만 임무를 수행한다는 명분으로 코타로 곁에 살 수 있게 되면서 내면이 바뀌었다. 그녀는 사람을 사랑하게 되었고 세상을 긍정적으로 바라보게 되었다. 그러나 그녀는 다크니스 레인보우를 벗어나는 길을 선택하지 못했다. 다른 삶의 방식을 몰랐기 때문에.

"하지만 어느 날, 제가 삶의 방식을 바꿀 수밖에 없었던 중대한 사건이 일어났어요."

"무슨 일이 있었지?"

"저랑 사토미 군이 오늘처럼 친구들과 이곳에 놀러 왔을 때, 다크니스 레인보우가 106호실을 습격한 거예요."

"아아, 그날 얘긴가……."

키리하도 마키가 말하는 『계기』가 무엇인지 짚이는 게 있었다. 코타로와 마키가 함께 외출한 날에 키리하와 다른 사람들은 다크니스 레인보우의 공격을 받았다. 지금이야 웃으면서 얘기할 수 있지만, 그때는 꽤나 위험한 상황에 내몰렸다. 그래서 키리하도 분명하게 기억했다.

"그때 전 사토미 군의 발을 묶어두는 임무를 맡았어요. 사토미 군은 엄밀하게는 유리카와 협력하는 관계가 아니었으니까, 괜히 말려들게 하기보다는 못 가게 막자는 게 다크니스 레인보우의 생각이었죠."

"그대의 생각은 어땠지?"

"아무리 강해도 그 사람은 싸움과 어울리지 않아요. 그래서 저는 최대한 그 사람을 전장에서 멀리 떨어뜨리고 싶었어요. 그리고…… 전 약했어요. 고독한 시절로 돌아가는 게 무서웠죠."

마키는 이 대목에서 잠시 표정이 어두워졌다. 그녀는 코타로를 지키기 위해 코타로를 붙잡은 게 아니었다. 그녀는 자신과 코타로 사이에 있는, 마법으로 만들어진 유대가 끊기는 게 두려웠다. 설령 그것이 마법으로 만들어진 환상일지라도, 사람을 사랑하는 마음을 잃고 과거의 자신으로 돌아가는 것이 두려웠다.

"하지만 사토미 군이 가르쳐줬어요. 제가 더 이상 고독하던 시절로 돌아가는 일은 없을 거라고. 학교 친구들을 친구라고 생각한다면, 자기도 그렇게 생각할 거라고."

"그래서 코타로를 보내준 건가?"

결말은 키리하도 알고 있다. 코타로는 마키와 함께 나타났다. 마키는 코타로의 말을 믿고 그를 놓아주며 아군이 되어주었다.

"네. 그날 사토미 군의 말을 듣고 저는 다크 네이비에서 아이카 마키가 되었다고 생각해요. 마법이란 이상한 힘을 쓰기는 해도, 어디에나 있을 법한 아주 평범한 여고생이……."

마키는 언제부턴가 마법의 유대가 존재하지 않는 친구들

도 좋아하게 되었다. 그렇다면 마법이 만든 유대 같은 게 없어도 마키는 코타로를 사랑할 수 있을 것이다. 그러니 마법의 유대가 사라지더라도 코타로와의 관계는 결코 바뀌지 않을 것이다. 약간의 변화가 있을 수는 있어도, 코타로와 친구들은 여전히 마키의 곁에 있어줄 것이다— 마키는 그렇게 믿었기에 삶의 방식을 바꿀 수 있었다. 다크 네이비를 그만두고 아이카 마키로 살아가게 되었다.

"지금 저는…… 이 세상도, 여기에 사는 사람도 소중해요. 결코 완벽하지는 않지만, 완벽하지 않기 때문에 소중해요. 많은 사람이 모여서 서로 의지하며 살아가야 하니까요."

"그 논리대로라면 그대는 자기 자신도 소중하게 여기며— 좋아해야 하겠군."

이야기를 듣던 키리하는 고개를 살짝 갸웃하며 마키를 보고 웃었다. 마키는 자기 자신을 경시하는 경향이 있다. 그러나 그녀가 한 말이 진실이라면 그녀는 자신도 좋아해야만 한다. 왜냐하면 지금의 마키는 다른 누군가를 지탱하고 있을 테니까.

"키리하 양……."

키리하의 말을 듣고 마키는 눈을 동그랗게 떴다. 하지만 이내 평소의 눈매로 되돌리고 키리하를 보며 웃었다. 그 미소는 키리하와 마찬가지로 무척 부드러웠다.

"……쉽지 않지만, 언젠가는 그렇게 되고 싶어요. 안 그러면 누군가에게 매달리기만 할 테니까……."

삶의 방식을 갑자기 바꾸기란 쉽지 않다. 마음과 영혼에 배어버린 것은 좀처럼 바꿀 수가 없다. 하지만 그렇게 하는 것이야말로 아이카 마키로 살아간다는 것. 아무리 오래 걸리더라도 마키는 그 길을 똑바로 걸을 수 있기를 간절히 바랐다.

마키가 이야기를 마치자 키리하는 이해했다는 듯 고개를 크게 끄덕였다. 그리고 다정한 미소에 약간의 짓궂은 마음을 더해서 입을 열었다.

"그런 일을 겪었다면 확실히 몸과 마음을 다해 코타로를 사랑할 수밖에 없겠지. 후후후, 드디어 그대가 그토록 헌신적인 이유를 알게 되었군."

"사토미 군이 저의 좁은 세상을 넓은 세상과 이어주었어요. 그래서 저도……."

마키가 때때로 코타로에게 과하게 헌신적으로 행동하는 바탕에는 이런 이유가 있었다. 코타로는 마키의 세상을 다른 세상과 연결하고 평범한 인생을 만들어주었다. 지금은 코타로하고만 인연이 있는 것은 아니지만 가장 크고 강한 인연은 여전히 코타로이며, 그것을 잃는 것은 무엇보다도 두

려운 일이다. 그렇기에 마키는 그 인연을 지키기 위해서 쉽게 자기 몸을 내던지는 것이었다.

"그건 코타로도 똑같을 거다."

"네. 지금은 잘 알아요."

하지만 지금의 마키는 그것이 잘못되었음을 안다. 언젠가 그녀는 자기 자신도 소중히 여길 줄 알게 되어야 한다. 그녀도 코타로의 세상를 넓히는 데 도움이 되고 있으니까.

"하지만…… 그 마음은 충분히 이해해. 나도 그대와 같은 일을 겪었다면 틀림없이 그렇게 생각할 테니까."

키리하는 눈을 가늘게 뜨며 웃었다. 그러자 마키는 살짝 고개를 숙이고 뺨을 붉혔다. 자신의 감정을 키리하에게 고스란히 들켰다고 생각하니 얼굴을 똑바로 쳐다볼 수가 없었다.

"……그건 저도 마찬가지예요. 키리하 양과 같은 경험을 했다면, 카드를 무척 소중하게 여겼을 거예요."

그 반면에 마키도 키리하의 마음이 잘 이해되었다. 그 사실 또한 마키를 수줍게 만들었다. 키리하의 장렬한 사랑이 마치 자기 일처럼 느껴졌기 때문이다.

"아무래도 우리는 서로 비슷한 경험을 한 것 같군."

키리하는 즐거운 눈빛으로 마키를 바라보았다. 전 다크니스 레인보우인 마키가 이렇게 함께 있는 것만 보아도 이 상황이 옳다는 것을 알 수 있다. 마키가 어색한 듯 꼼지락거리며 수줍게 웃는 모습을 웃으면서 쳐다봐도 되는 것이다.

"……네. 겉모습은 조금 다르지만……."

"결국 동류라는 것이지."

최종적으로 두 사람이 다다른 결론은 둘 다 코타로와 만나고 삶의 방식을 바꾸게 된 것은 똑같다는 것이다. 키리하는 조금 일찍 어른이 되어 아버지와 화해하였고, 이윽고 지상과 융화하는 것을 목표로 삼았다. 마키는 닫힌 세상에서 빠져나와 극히 평범한 소녀로 살아가게 되었다. 두 사람 모두 코타로와의 만남을 통해 타인과 세상을 긍정적으로 보게 되었다.

"야~ 키리하~!"

"마키~! 애들 거의 다 모였어~!"

멀리서 두 사람을 부르는 목소리가 들려왔다. 두 사람을 긍정하는 사람들이자 두 사람이 긍정하는 사람들이다. 이제 둘만의 대화를 마무리 짓고 그들 곁으로 돌아갈 시간이 되었다.

"그럼 갈까요?"

"그래. 이야기에서도 그런 결론이 났으니까."

"후후후, 네."

친구들이 있는 곳으로 돌아간다는 것은 세상을 긍정하는 것이기도 하다. 두 사람이 선택한 삶은 그것을 추구하고 있다. 그래서 두 사람은 마주 보고 웃으며 고개를 끄덕이고는 멀리서 손을 흔드는 친구들에게 달려갔다.

키리하와 마키는 밤이 되고 나서야 106호실로 돌아왔다. 두 사람은 친구들과 해가 질 때까지 실컷 놀다가 만족하고 집에 돌아왔다. 온갖 놀이기구와 쇼, 그리고 친구들의 미소와 웃음소리는 가슴속에 또렷하게 새겨졌다. 그래서 방에 돌아온 두 사람의 표정은 한없이 밝았다. 그러나 두 사람을 맞이한 코타로의 표정은 정반대로 어두웠다.

"재미난 짓을 하고 있군, 사토미 코타로."

"……사토미 군, 왜 왼쪽을 보고 있어요?"

"그게, 격투기 연습 중에 목이 뽀각! 해버렸어."

"다른 이들이 치료해주지 않았나?"

"그러니까 목을 못 돌리는 정도로 끝난 거지."

"아하, 그렇게 된 거였군요."

사실 코타로는 아침부터 격투기 훈련을 하던 도중에 목을 다치고 말았다. 시즈카와 실전에 가깝게 대련하다가 그녀의 공격이 정통으로 꽂힌 결과였다. 물론 소녀들이 앞다투어 자신들의 능력으로 치료해줬지만, 여전히 통증이 남아 있어서 고개를 앞으로 돌릴 수 없는 상태였다. 그런 코타로를 본 키리하는 어떤 계책을 생각해 내고 장난스럽게 웃었다.

"마키, 거기에 앉아 봐."

키리하는 그렇게 말하면서 코타로 왼쪽을 가리켰다. 코타로는 밥상 쪽에 앉아 있었는데 왼쪽이 비어 있었다. 아무도 없는 방석이 놓여 있을 뿐이었다.

"네……."

마키는 키리하의 의도를 알 수 없었지만 딱히 반대할 이유도 없어서 순순히 코타로 옆에 앉았다. 그리고 그곳에 앉자마자 마키는 어째서 키리하가 코타로 옆에 앉으라고 했는지 깨달았다.

"저기, 사토미 군, 계속 그렇게 보면 쑥스러운데요."

"아니, 그러니까 목이 아파서 앞을 볼 수가 없대도."

고개를 왼쪽으로 돌린 코타로의 왼쪽에 앉는다는 것은 코앞에서 코타로와 마주한다는 뜻이다. 물론 마키가 딴 곳을 보면 그만이지만, 그래도 코타로의 시선이 그녀를 향한다는 사실은 변하지 않는다. 특히 오늘은 키리하의 추억 이야기를 들은 탓에 평소보다 코타로를 강하게 의식하게 되었다. 마키는 묘하게 가슴이 두근거려서 차분하게 앉아 있을 수가 없었다. 뺨을 붉히며 수줍어하는 마키를 보고 있으니 코타로도 이상하게 가슴이 뛰기 시작해서 마찬가지로 차분하게 앉아 있기 힘들었다.

"아아— 나를 그렇게 뜨거운 시선으로 바라봐준 적은 없으면서."

키리하는 그런 사정을 다 알면서 두 사람을 놀렸다. 상황이 키리하가 노린 대로 전개되었기 때문에 그녀는 무척 기분이 좋았다.

"자기가 아이카한테 시킨 주제에 뭐라는 거야?"

"싫으면 그만둬도 된다, 마키."

"따, 딱히 싫은 건 아닌데요……. 그냥 평정심을 유지할 수 없을 뿐이고……."

"그렇다면 아무 문제없군."

"으윽, 키리하 씨이……."

마키는 곤란한 듯이 눈썹을 찌푸렸다. 하지만 항의 받은 키리하는 코타로 오른쪽에 앉아서 아무 일도 없다는 양 차를 우리기 시작했다. 그녀는 여전히 기분 좋아 보였고, 옆모습은 전에 없이 아름다웠다. 그 표정에는 아마 두 사람을 놀려서 즐겁다는 감정만이 아니라, 마키의 이야기를 듣고 코타로에게 다시금 반했다는 감정도 섞여 있을 것이다. 하지만 아쉽게도 왼쪽을 보고 있는 코타로에게는 그 표정이 보이지 않았다.

"……아이카랑 키리하 씨, 오는 길에 무슨 일 있었어?"

하지만 코타로는 두 사람 사이에 흐르는 분위기가 이제까지와 좀 다르다는 것을 알아차렸다. 키리하는 평소보다 마키의 심정을 더 예리하게 알아차렸고, 마키는 키리하에게 조금 더 어리광을 피우는 게 느껴졌다. 하지만 두 사람은 아침에 각자 다른 약속으로 나가는 거라고 했기 때문에, 코타로는 두 사람이 온종일 함께 행동한 사실을 알지 못했다. 코타로로서는 의아한 상황이었다.

"아, 돌아오는 길에 합류한 건 아니에요."

"분명 다른 약속이었는데, 우연히 같은 목적지라 거기에서 만났다."

"헤에…… 별일이 다 있네."

"그래서 서로의 비밀을 알게 되었어요."

"내 카드의 유래와 마키가 그곳에서 어떻게 삶의 방식을 바꾸게 되었는가, 하는 이야기 등을 나누었지."

"설마……."

코타로는 그 순간 두 사람이 어디에 갔는지 깨달았다. 동시에 두 사람이 코타로에게 있어 중대하면서도 무척 낯 뜨거운 이야기를 공유했다는 것도. 그게 두 사람의 거리가 좁혀진 이유였다. 그리고 코타로 입장에서는 몹시도 곤란한 상황이 발생했다는 뜻이기도 했다.

"……그 화제는 언급 안 해주시면 안 되겠습니까?"

"그건 그대의 태도에 달렸지. 나는 여기서 아주 깊은 추억 이야기를 전개해도 상관없어."

"큭."

"저는 딱히 전개하지 않아도……."

"대신 코타로에게 무언가 대가를 받는 것도 괜찮지 않겠나?"

"……저도 키리하 양의 카드 같은 걸 갖고 싶어요, 사토미 군!"

"알았어. 그 조건을 받아들이지."

마키와 키리하, 두 사람의 힘을 합친 공격에는 저항할 여지가 없었다. 두 사람은 악의와는 인연이 없는 감정을 품고 다가오므로 화내면서 뿌리칠 수도 없었다. 그렇다고 저항하면 바늘방석에 앉은 듯한 시간을 오래도록 보내야 할 테니 이 시점에서 두 사람의 요구를 들어주는 게 훨씬 나았다.

"아이카는 입막음 비용으로 뭘 원하는데? 키리하 씨는?"

"글쎄, 잠시 그대로 앉아 있기만 하면 돼."

"엉?"

"내가 뭘 하든 그냥 거기에 앉아 있으면 된다."

부스럭.

코타로의 오른팔에 키리하의 체중이 실렸다. 코타로는 왼쪽밖에 볼 수 없는 상태였지만, 긴 머리카락이 팔을 간질였기 때문에 그녀가 가까이 다가왔음을 알 수 있었다.

"키, 키리하 양, 그렇게 과격한 짓을 하려구요?!"

그러나 눈앞에서 마키가 화들짝 놀라며 몸을 젖히는 모습을 보고 코타로는 자신의 상상이 틀렸음을 깨달았다.

"자, 잠깐만. 키리하 씨, 지금 뭘 하는 거야?!"

"그대는 가만히 있으면 된다. 가만히 있으면…… 절대 아프진 않을 테니 안심해라, 사토미 코타로."

"안심할 수 있겠냐아아아아앗!!"

목 통증 때문에 코타로는 고개를 움직여서 키리하를 볼 수 없다. 어떻게든 몸을 통째로 돌려야 한다. 하지만 새빨간 홍당무처럼 변한 마키가 양손으로 얼굴을 덮고 손가락 사이로 훔

쳐보는 모습을 보니 무언가 무서운 일이 일어나고 있는 건 분명했다. 그래서 돌아보고 싶지 않다는 생각도 들었다. 덕분에 코타로는 이러지도 저러지도 못하는 상태였다.

『역시 누님은 천재다호—.』

『마키도 연기파다호. 코타로는 완전히 농락당하고 있다호—.』

사실 이때 키리하는 아무 짓도 하지 않았다. 정말로 단순히 코타로의 어깨에 머리를 기댔을 뿐이다. 키리하가 눈으로 신호를 보내낸 걸 마키가 잘 캐치해서 함께 코타로를 가지고 노는 것뿐이었다.

"사토미 코타로, 부드러운 것과 탱탱한 것 중에 무엇을 좋아하나?"

"그만해요, 키리하 양. 아무리 그래도 그건 좀 아닌 것 같아요!!"

"대체 뒤에서 무슨 짓을 하는 거야아아아악?!"

키리하와 마키는 오늘 하루 코타로와 떨어져서 시간을 보내며 깨달은 바가 있었다. 그것은 모든 추억을 코타로만으로 채우는 것은 불건전하다는 사실이다. 마키와 키리하의, 또는 두 사람과 친구들과의 인연이 깊어지면 코타로와의 일상은 더욱 빛을 발하게 된다. 그리고 지금이 바로 그 순간이었다. 코타로와 함께하는 찬란하게 빛나는 시간을 최대한 즐기기 위해서, 두 사람은 이날 새롭게 쌓은 인연을 서로 확인했다.

Episode Clariausa
증폭회로에 관한 이모저모

클란의 머릿속은 마키와 코타로로 가득했다. 다른 세계의 꿈을 꾸던 마키는 조금 전에 눈을 뜨고 진지한 표정으로 106호실을 뛰쳐나갔다. 그래서 클란은 코타로를 두들겨 깨워서 마키를 쫓아가게 했다. 클란과 마키는 코타로 일행의 적이었던 시간이 길었기 때문에 같은 고민을 공유했다. 그래서 클란은 자기 일인 것처럼 마키를 걱정했다.

"안경순이, 얼른 카드 뽑아!"

사나에는 카드 몇 장을 클란에게 내밀고 부채처럼 팔랑팔랑 흔들면서 손이 멈춘 그녀를 재촉했다.

"미안해요. 잠시 생각을……."

"이마에 이렇~게 주름이 생겼어."

"주름이 남으면 안 되니까, 생각은 이쯤에서 멈춰야겠군요."

"응, 잘 생각했어."

클란은 사나에와 함께 웃으면서 흔들리는 카드 중에 한 장을 뽑았다. 하루미와 마키, 유적의 소녀를 제외한 일곱 명의 소녀는 지금도 게임을 계속하고 있다. 이제까지 해온 것처럼 승자가 다른 세계를 엿보러 가는 조건이다. 지금은 통로의 카드를 연결해서 미궁을 나아가며 보물을 찾는 카드 게임을 하는 중이었다. 결승점은 여러 개가 있지만 정답은 하나뿐. 플레이어끼리 카드를 교환하며 제일 먼저 정답인 결승점에 도착한 사람이 승리하는 룰이었다.

"음, 사나에한테서 뽑은 카드를 그대로 판에 내고, 더 앞으로 가겠사와요."

"그러면— 나는 카드를 보충할게—."

클란은 사나에에게 뽑은 카드를 자기 앞에 펼쳐두었고, 사나에는 카드 더미에서 카드를 보충했다. 이렇게 클란의 턴은 끝났다. 이 카드 더미가 아니라 원하는 플레이어에게서 카드를 뽑아도 되는 것이 이 게임의 특징이었다. 상대의 작전을 방해하기 위해서 카드를 뽑는 것도 좋고, 비슷한 작전을 펼치는 상대에게서 카드를 뽑아 자신에게 유리하게 풀어나가도 된다. 규칙은 심플하지만, 이런 식으로 카드를 교환하는 것에서 전략성이 싹튼다.

"그럼 난— 키리하 카드를 뽑을게!"

"호오, 그렇게 나왔나."

"그야 너한테서 위험한 오라가 뿜어져 나오는걸. 의욕이 생겼나 보네?"

"정답이다. 하지만 과연 원하는 카드를 뽑을 수 있을까?"

"윽, 너 카드 안 봤지?"

"그래. 보면 영파를 읽어서 알아낼 테니까, 후후후……."

다음 순서인 사나에는 키리하와 치열하게 심리전을 벌이고 있었다. 역시 다음으로 과거 세계를 보러 갈 사람을 정하는 싸움이라 그런지 모두가 필사적이었다.

'마키는 괜찮을까요……. 벨트리온이 따라갔으니 별일 없겠지만…….'

그런 와중에 클란은 혼자 딴생각에 빠져 있었다. 역시 클란은 마키가 걱정되었다. 그리고 클란은 한동안 코타로의 적이었기 때문에 굳이 빨리 다른 세계를 보고 싶진 않았다. 물론 코타로와 관계가 진전된 세상을 보고 싶은 건 사실이었지만, 덤으로 자신의 어리석은 과거와 대면해야 하는 만큼 다른 여섯 명만큼 간절하지는 않았다. 그래서 클란은 뛰쳐나간 마키에게 신경이 쏠렸다. 그녀가 왜 뛰쳐나갔는지 무척 궁금했다. 왜냐하면 마키와 클란은 같은 고민을 품고 있기 때문이었다.

"어라라? 이거어, 클란 씨가 이긴 거 아닌가요오?"

"……엇?"

클란은 유리카의 목소리를 듣고 정신을 차렸다. 클란이

사나에의 카드를 가져간 뒤로 십여 분이 지났고, 클란도 몇 턴을 더 플레이했다. 하지만 딴 생각을 하던 그녀는 게임을 하고 있다는 실감이 없었기에, 유리카의 말을 듣고서야 자기가 내놓은 카드가 결승점을 가리키고 있음을 깨달았다.

"끄으응. 오늘따라 유독 클란의 수를 읽는 게 쉽지 않구나."

"포커페이스가 엄청 완벽하더라."

"역시 대단하세요, 클란 전하."

티아와 시즈카, 루스가 클란을 칭찬했다. 내막을 모르는 그녀들에게는 클란이 실력으로 이긴 것처럼 느껴졌다. 물론 전혀 그런 게 아니었지만.

'나음 차례에, 내가 다른 세계를 보러 간다고……?'

클란이 다른 생각을 하면서 대충 내놓은 카드들이 우연히 결승점으로 가는 최단코스를 돌파한 것에 불과했다. 그래서 클란은 오히려 이 승리에 당황했다.

"나 왔어~."

"저 왔어요."

『야오옹—.』

클란에게 행운이었던 점은, 그녀가 승리한 직후에 마키와 코타로가 106호실에 돌아왔다는 것이다.

꿈에서 깬 마키가 106호실에서 뛰쳐나가기 전까지 클란이 마키에게서 들은 이야기는 그녀가 좋은 꿈을 꾸었고, 다른 세계의 그녀가 고양이를 길렀다는 것뿐이다. 그런 대화를 나누던 도중에 마키가 새파랗게 질린 얼굴로 뛰쳐나갔으니, 좋은 꿈이긴 해도 무언가 중대한 문제가 있었던 게 아닐지 걱정되었다. 그래서 클란은 코타로를 두들겨 깨워서 뒤를 쫓게 했다. 여차할 때는 자기보다 더 신용할 수 있는 사람이 필요할 테니까.

"마, 마키, 당신, 고, 고양이…… 아하하하하하핫!!"

그때 마키가 고양이 세 마리를 데리고 돌아왔다. 예상치 못한 전개에 클란은 저도 모르게 폭소하고 말았다. 마키의 이미지에 맞지 않는 고양이라는 존재. 그리고 클란 자신의 걱정이 좋은 방향으로 배신당했기 때문에 안도감과 황당함이 결합돼서 웃지 않고는 배길 수가 없었다.

"미안해요, 클란 양……. 이 세계에서 이 아이가 어떻게 되었는지 꼭 확인해야 했거든요."

"아하하하하흐에…… 이, 이 세계요?"

마키가 방을 뛰쳐나간 이유는 세 마리 중 한 마리, 마키가 다른 세계에서 키우던 고양이가 무사한지 확인하기 위해서였다. 꿈속에서 마키는 이 고양이의 목숨을 구해주었고, 그걸 계기로 키우기 시작했다. 그렇다면 이 세계에서는 구하지 못한 게 아닐까— 그런 걱정이 퍼뜩 들어서 마키는 정신없이 코로나장을 뛰쳐나간 것이었다.

"이렇게 데려온 걸 보면 무사했다는 뜻이지요?"

"네. 사토미 군이 구해줬어요."

"나, 불렀어?"

그 코타로가 현관에서 밖으로 나갔다. 손에는 넓은 대접과 우유팩을 들고 있었다. 고양이들에게 주려고 준비한 것이었다.

"부르진 않았지만, 고로네와 사토미 군의 이야기를 했어요."

"음— 그렇구나—."

코타로는 그 자리에 쪼그려 앉아 대접을 내려놓고 우유를 부었다. 그러자 고양이들이 가까이 다가와서 냄새를 맡기 시작했다. 그리고 그중에서 제일 작은 고양이가 우유를 먹기 시작했다. 큰 고양이 두 마리는 그 모습을 지켜보고 있었다.

"애초에 이 녀석…… 고로네를 찾은 건 사나에야. 먼 곳에서 물에 빠져 괴로워하는 걸 감지해서, 구하러 가자고 내게 말했는데……."

"저 사나에는 동물과 자연을 아끼는 마법소녀가 목표랍니다. ……오랜만이야, 고로네!"

"애옹!"

코타로에 이어서 사나에도 밖으로 나왔다. 고양이들은 사나에와 구면이었는지, 조금 전 클란과 처음 대면했을 때처럼 순간적으로 긴장하지는 않았다.

“냉정함을 되찾고 기억을 되짚어보니까, 다른 세계에서는 저 다음에 사토미 군과 사나에 양이 왔었어요.”

마키가 고양이를 구하려는 때에 코타로와 만나게 되었으니, 만나지 못하더라도 고양이는 코타로에게 구출된다. 잠에서 깨어났을 때는 마음이 급해서 거기까진 생각이 안 미쳤기 때문에 마키는 겸연쩍게 웃으며 말했다.

“괜한 걱정이었군요……. 하아…… 정말이지, 쓸데없이 난리를…….”

상황을 전부 파악한 클란은 한숨을 푹 내쉬었다. 물론 안도의 한숨이다. 역시 클란은 마키가 특별히 신경 쓰였다.

“……흐응. 좋은 면도 있구나, 클란.”

그런 클란의 반응을 보고 코타로가 웃었다. 타고난 성격과 경험 부족 때문에 과거에는 항상 타인과 거리를 두었던 클란. 그랬던 클란이 마키를 걱정하는 모습은 코타로의 눈에 살짝 신기하게 비쳤다.

“저, 저도 남을 걱정할 때 정도는 있사와요.”

“딱히 문제 삼으려는 건 아니야. 그리고 비웃은 것도 아니고.”

“그럼 뭔데요?”

“너, 예전부터 알라이아 폐하보다 더 훌륭한 황제가 되고 싶다고 했잖아.”

“현실성은 둘째 치고 황족이라면 당연히 가져야 할 마음

가짐이니까요. 그게 어때서요?"

"그러니까, 그게 아예 불가능하진 않겠다고 생각했을 뿐이야."

알라이아와 비교했을 때 클란에게 부족한 것은 타인과 인연을 맺는 것의 의미와 중요성을 이해하는 능력, 그리고 경험이다. 지력이나 용기로는 절대 뒤떨어지지 않는다. 과학에 대한 이해도와 미래를 내다보는 시야 등은 오히려 알라이아를 압도한다. 지금의 클란이라면 알라이아를 뛰어넘는 것도 결코 꿈이 아닐지도 모른다. 코타로는 그렇게 느끼고 그녀에 대한 평가를 정정했으며, 그 사실을 기쁘게 생각했다.

"……가, 갑자기 그런 말을 해도…… 아, 그, 저……."

코타로가 자신을 놀리려는 줄 알고 바짝 날이 섰던 클란의 태도가 급격히 바뀌었다. 얼굴을 붉게 물들이고 코타로에게서 눈을 떼더니 고개를 푹 숙인 채 손가락을 배배 꼬았다. 마치 좋아하는 남자한테 갑자기 사랑 고백이라도 받은 모습이었다. 황녀로 태어나 최고의 황제가 되는 것이 목표인 클란에게, 그녀가 최고의 기사로 인정하는 코타로에게서 그런 말을 듣는 것에는 큰 의미가 있었다. 좋아하는 남자에게서 사랑 고백을 받은 것과 비슷하거나, 그 이상이었다. 왜냐하면 최고의 황제가 된다는 것은, 최고의 기사가 평생 곁에 있어 준다는 뜻이니까.

"그런데 클란 양, 사토미 군은 그렇게 말하는 한편으로는 클란 양이 계속 황녀로 남기를 원한다는 거 알아요?"

그때까지 묵묵히 이야기를 듣고 있던 마키가 끼어들며 말했다. 그 표정은 무척 즐거워 보였다.

"엇, 너……!"

흐뭇하게 웃으며 클란을 바라보던 코타로는 마키의 폭탄 발언에 다급하게 소리쳤다.

"엑…… 그게 무슨 얘긴가요?"

"클란 양의 꿈이 이루어지길 바라는 동시에, 클란 양이 자기만의 공주님으로 있기를 바라는 거예요."

"나, 나는 딱히……."

"딱히? 어휴, 사토미 군. 그런 못된 말은 하면 안 돼요—. 그치? 고로스케—."

"애옹~."

마키는 고양이 세 마리 가운데 제일 작은 아기 고양이를 안아 들고 코타로를 보며 웃었다. 아기 고양이는 마키를 신뢰하는지 그녀의 손가락에 얼굴을 문지르려 했다. 마키는 그런 아기 고양이와 정반대로 속내를 도통 겉으로 드러내지 않는 코타로가 너무나도 의아했다.

"……."

코타로는 아무 대답도 할 수 없었다. 어떠한 소원이든 이뤄주겠다는 유적의 소녀에게 클란 일행을 돌려달라고 한 이상, 이제 와서 무슨 말을 해도 설득력이 없을 터였다. 차라리 심야 0시로 예정된 기억 삭제 시기를 앞당기고 싶은 심정이었다.

"……어차피 황제가 된다고 해도, 저는 당신만의…… 그……인 건 변함없는데……."

그나마 코타로에게 다행인 건 클란도 똑같은 상태라는 점이었다. 클란도 감정을 솔직하게 겉으로 드러내는 걸 어려워하기 때문에, 능력이나 혈통이 아니라 클란이라는 인간 그 자체를 절대적으로 바라는 사람이 있는 상황에서는 어떻게 행동해야 할지 몰랐다. 지금 그녀에게는 코타로의 태도가 이상하다고 생각할 여유가 없었다.

"그, 그건 그렇고, 네가 진심으로 알라이아 폐하처럼 되고 싶다면 앞길이 많이 험할걸?"

"네?"

"황제가 되면, 예전에 나랑 네가 그랬던 것처럼 대립하는 쪽과 손을 잡아야 할 일도 생길 거야. 그건 네가 제일 싫어하는 거 아냐?"

"……벨트리온……."

코타로의 말이 클란의 가슴에 스며들었다. 코타로가 어떻게든 화제를 바꾸려고 급히 떠올린 말이었지만, 지금 클란에게 꼭 필요한 말이었다. 만약 클란이 황제가 된다고 쳐도, 대립하는 의견을 가진 사람을 전부 제거할 수는 없는 노릇이다. 클란이 뜻을 굽히거나, 상대가 굽히거나, 혹은 서로 반걸음씩 물러나는 걸 반복하는 게 정치다. 코타로 말마따나 끊임없이 대립을 극복해나갈 필요가 있었다.

"마침 잘됐네요."

"뭐가?"

"다른 세계를 들여다보면, 저와 당신이 대립하는 모습을 볼 수 있겠죠. 나중을 위해서 꼼꼼히 관찰하고 와야겠사와요."

그리고 코타로가 해준 말은 이제까지 안개가 낀 것처럼 흐리멍덩하던 클란의 심경을 명확하게 밝혀주었다. 앞으로 끊임없이 대립을 극복해야 한다면, 가장 처음으로 극복한 코타로와의 대립은 별것도 아닐 터였다. 앞으로 상대해야 할 무리를 생각하면 코타로는 차라리 호의적인 대립 상대라고 할 수 있을 정도다. 그것마저 피하려고 들면 클란이 알라이아를 뛰어넘는 황제가 되는 것은 결코 이룰 수 없는 꿈이리라. 클란은 이 순간 자신의 어리석음과 대면할 용기를 손에 넣었다.

각오하긴 했지만, 막상 자신이 과거에 저지른 잘못과 마주하자 클란은 큰 충격을 받았다. 무심코 눈을 가리고 싶은 일들이 너무나도 많았다. 처음은 첫 연극 전날이었다. 그날 일은 클란도 또렷하게 기억했다. 클란은 절대적으로 신뢰하는 함정으로 티아의 말살을 도모했다.

『치잇, 사이비 청기사 녀석이 쓸데없는 짓을!!』

이 세계의 클란이 성이 난 모습으로 혀를 찼다. 그 시선 끝의 폭발 연기 속에서 푸른 갑옷을 입은 코타로가 모습을 드러냈다. 코타로의 품에는 티아가 안겨 있었다. 코타로는 자기 몸을 방패 삼아 폭발로부터 티아를 지켜낸 것이었다.

『변경의 야만인이 제 작전을 방해하다니, 용서할 수 없는 일이어요!』

이 당시 클란은 절대적인 자신감을 갖고 공격했지만 코타로에게 막히고 말았다. 자존심에 깊은 상처가 난 클란은 피가 머리끝까지 치솟았다. 표정은 추하게 일그러졌고, 목소리에서는 소름끼치는 악의가 묻어 나왔다.

'상대가 기사도를 체현하는 사임을 알아보지도 못한 채 거만하게 굴고, 깔보고, 변경의 야만인이라고 헐뜯고, 무엇보다도 저 표정이랑 목소리……. 저게 어딜 봐서 황제인가요……하아아아아……'

싸움을 엿보던 클란은 머리를 부여잡으며 탄식했다. 그녀는 자신의 과거의 모습을 맞닥뜨리고 낙담과 수치심 때문에 파르르 떨었다. 과거의 클란은 자신이 황제의 그릇을 지니지 못했음을 깨닫지 못했다. 그런 주제에 티아를 해치우면 황제가 될 수 있으리라 믿었다. 어쩌면 되는 것 자체는 가능할지도 모른다. 하지만 그 경우에는 나쁜 의미로 역사에 남을 황제가 될 게 뻔했다.

『무, 무사하냐, 티아……?』

『괜찮다, 그대가 지켜준 덕분에!! 걱정할 필요 없느니라. 머리카락이 조금 그을렸을 뿐이야!』

그리고 클란을 낙담하게 한 요소가 하나 더 있었는데, 바로 이 시점의 코타로와 티아였다.

'이 시점에서 이미, 벨트리온과 티어밀리스 씨 사이에서 유대감이 싹트기 시작했군요…….'

이 시점에서 티아와 코타로는 아직 라이벌이나 친구의 틀을 완전히 벗어났다고 할 수는 없었다. 하지만 기사와 황녀, 동시에 한 소년과 한 소녀의 유대는 이미 싹트기 시작했다. 그때까지 두 사람이 걸어 온 발자취가 서로를 존중하는 감정을 탄생하게 해주었다.

'그에 비하면 슈와이거의 달이라는 저 녀석은…… 정말 끔찍하네요……. 저런 인성으로 어떻게 이기겠다는 건지. 그러니 시그날틴도 저를 안 지켜준 거겠죠…….'

『꺄아아아, 이, 이래서는 배리어의 컨버터가 버티지 못해요!』

『타아아아아아아앗!!』

『제, 제가, 이, 이렇게 쉽사리?!』

왕권의 검이자 황가의 보물인 시그날틴. 그 검의 힘은 코타로를 지켰고, 결과적으로 티아도 지켰다. 그리고 클란은 지켜주지 않았다. 오히려 클란은 시그날틴의 힘에 압도당해서 쓰러지기 직전까지 갔다. 이 시점의 클란에게는 황족, 그리고 황제의 적성이 없다는 뜻이다. 때문에 시그날틴은 그녀를 지켜주지 않았다.

'하지만 황제가 되는 게 목표인 이상, 이렇게 대립한 상대와도 화해할 필요가 있사와요……. 그러니 눈을 돌려서는 안 되겠죠…….'

자신의 미숙함과 티아보다 시작이 크게 늦었음을 확인한 클란은 참담한 기분에 사로잡혔다. 그럼에도 클란은 쓰라린 과거로부터 눈을 돌리지 않았다. 알라이아를 뛰어넘는 황제가 되는 것이 목표라면, 그런 것들로부터 눈을 피하는 게 대단히 부정적이라는 것을 잘 알기 때문이었다.

클란은 한동한 씁쓸한 기분을 떨칠 수 없었지만, 어느 순간 큰 전환점이 찾아왔다. 바로 두 번째 연극 당일이다.

『과연 당신이 모든 것을 지킬 수 있을까요?! 그런 자그마한 검 하나로는 동료들조차 지킬 수 없사와요!!』

『지켜 보이겠어!! 저 녀석들은 말이다, 모두가 침략에 성공해야만 한다고!!』

두 번째 대결 결과, 코타로는 클란을 궁지에 몰아넣었다. 그리고 클란은 개발 중인 비밀병기— 초시공반발탄을 꺼내

들었다. 시공간에 간섭하는 이 병기는 코타로에게 베이면서 불완전하게 작동했고, 가까이에 있던 코타로와 클란을 과거의 포르트제로 날려 보냈다.

'잘했어요, 벨트리온. 이 어리석은 녀석을 막느라 고생이 참 많았군요. 정말이지…… 저라는 인간은…….'

그런 두 사람을 지켜보던 클란은 자기도 모르게 코타로에게 박수를 보냈다. 자신의 어리석은 행동을 막아준 것이 구원의 손길처럼 느껴졌다. 덕분에 과거를 엿보는 클란의 고행은 겨우 끝을 맞이했다.

"……그나저나 진짜 청기사는 지금 어디에 있는 건지……."

그리고 과거의 포르트제로 날아간 또 한 명의 클란은 코타로를 알라이아 일행이 있는 곳에 남겨두고 홀로 행동했다. 그녀는 코타로가 청기사 대리로 활동하는 사이에 진짜 청기사를 찾아내야 했다. 안 그러면 역사가 바뀌어서 원래 세계로 돌아갈 수 없게 된다. 그런 최악의 사태를 피하기 위해서 적이었던 코타로와 클란은 일단 휴전하기로 했다.

"……황녀들의 이동 경로에서 그리 멀리 있진 않을 텐데…… 안 그러면 바람처럼 구하러 나타날 수가 없으니까요……."

클란이 코타로 일행과 따로 행동한지 이미 사흘이나 지났다. 하지만 여전히 청기사의 흔적은 발견하지 못했다. 처음에 클란은 알라이아가 위기에 처했던 절벽 주변 마을 등을 찾아가서 수소문했다. 원래 알라이아는 청기사가 구해야 하기 때문에 절벽 주변에 청기사의 흔적이 남아 있을 가능성이 있다고 판단했다. 그러나 결과는 헛스윙. 레이오스라는 이름은 들어보지 못했고, 푸른 갑옷을 입은 기사도 본 적이 없다. 그것이 클란이 물어본 사람들의 공통적인 대답이었다. 하는 수 없이 클란은 다음 마을로 이동하기 위해 지금까지 머물렀던 마을 출구 쪽으로 걸어갔다.

"……앗."

클란이 마을 정문을 벗어나려는 찰나, 그녀의 뇌리 속에 섬광이 번뜩였다. 그녀는 정면에 보이는 숲, 그 한참 너머에 있을 문제의 절벽 쪽으로 의식을 집중했다.

"만약에, 실제로는 청기사가 그 절벽에서 구출한 게 아니라면?!"

코타로와 클란이 알라이아와 만난 곳은 그 절벽이다. 그런데 두 사람이 나타나지 않았어도 알라이아가 그곳에서 죽지 않았다고 하면 어떨까? 실제로는 알라이아가 절벽에서 뛰어내려 달아났다거나, 잡힌 후에 무슨 일이 일어났을 수도 있다. 이제까지는 정황상 알라이아가 그 절벽에서 청기사와 만났다고 굳게 믿었지만, 어쩌면 100퍼센트가 아닐지도 모른다. 클란은 그 사실을 깨달았다.

"그렇다면 사고방식을 근본적으로 바꿀 필요가 있겠네요……."

클란은 팔짱을 끼고 생각에 잠겼다. 코타로가 알라이아를 청기사 대신 구한 게 아니라 실제 역사보다 빨리 구한 거라면 청기사의 진로를 훨씬 넓게 예상해야 한다. 생각을 정리한 클란은 팔찌형 컴퓨터를 조작해서 지도상에 표시된 진짜 청기사의 예상 진로를 기존보다 더 넓게 그렸다.

"얼추 이 정도면 되겠죠……. 남은 시간은 나흘. 전부 다 돌아볼 수 있다면 좋으련만……."

수정 작업을 마친 클란은 가볍게 땅을 박차고 하늘로 날아올랐다. 클란이 몸에 찬 자그마한 장치가 신체 주변 중력장을 조종해서 그녀는 자유롭게 하늘을 날 수 있었다. 이제까지 클란은 사람 사는 곳 근처에서는 되도록 날려고 하지 않았지만, 서두르지 않으면 때를 맞출 수 없는 상황이라 남의 눈을 신경 쓸 여유가 없었다.

"……유일한 단서가 티어밀리스 씨가 쓴 대본뿐이라는 게 기가 막히네요. 이런 걸 믿어도 되는 걸까요……. 하늘은 또 왜 이렇게 추운 건지. 그야말로 설상가상이어요, 하아……."

하늘로 날아오른 클란은 한숨을 푹 내쉬었다. 클란이 과거의 포르트제에서 행동 지침으로 삼은 것은 코타로가 갖고 있던 연극 대본이다. 그 대본은 티아가 쓴 것이라서 클란 입장에서는 적의 힘에 의지하는 거나 다름없었다. 심지어 역사책도 아닌 연극 대본이라서 정사가 그대로 반영된 것도 아니다. 이야기가 되게끔 내용을 덧붙이거나 덜어낸 부분이 적지 않았다. 그래서 대본에 적힌 내용을 전적으로 믿을 수도 없었다. 요컨대 클란은 적이 쓴 불확실한 단서를 따라서 행동할 수밖에 없는 상황에 분노하고 있었다.

"……후엣취이!"

게다가 하늘은 추웠다. 수확제를 코앞에 두고 계절은 겨울의 기색을 내비치고 있었다. 게다가 비행 고도를 높이면 기온이 내려가고 탁 트인 사방에서 칼바람이 사정없이 몰아쳤다. 이 하늘의 추위도 그녀의 화를 부추기는 원인 중 하나였다.

코타로는 물에 적신 손수건을 짜서 클란의 이마에 얹었다. 그리고 그녀의 얼굴을 들여다보았다. 이때 클란의 얼굴은 빨갛게 달아올라 있었다. 하지만 부끄러움 탓은 아니었다.

"그래서 감기에 걸려 돌아왔다는 거냐."

원래 클란은 청기사 탐색에 일주일 정도 쓸 예정이었다. 그런데 감기에 걸리는 바람에 닷새째가 되는 날에 귀환했다. 변변히 쉬지도 못하고 추운 하늘을 말 그대로 날아다니다가 컨디션이 확 망가지고 말았다. 지금 클란은 코타로 일행과 합류해서 여관 침대에 드러누워 있었다.

참고로 코타로가 클란을 간호하는 이유는 그녀의 의료키트를 다른 사람에게 보여줄 수 없기 때문이다. 또한 그 의료

키트 사용법을 이해할 수 있는 사람이 코타로뿐이기도 했다. 미래 기술은 역사를 왜곡할 우려가 크다. 아무리 알라이아 일행이 동료라고 해도 이것만큼은 쉽게 보여줄 수 없었다.

"……불만이라도 있나요?"

감기에 걸린 클란은 체온은 높았지만 목소리는 어딘지 모르게 차가웠다. 이 무렵의 클란과 코타로는 아직 가까운 사이가 아니었다. 비록 휴전은 했어도 얼마 전까지 적대하던 사이였으니 감정의 앙금은 여전히 남아 있었다.

"잠깐 있었는데, 곰곰이 생각해보니 별 수 없겠구나 싶더라고."

앙금이 남은 건 코타로도 마찬가지였지만, 몸져누운 클란을 보고 이성적으로 생각할 수 있었다. 과거 세계에 와서 제대로 쉬어본 적이 없는데, 그런 와중에 수색하기 위해 밖을 계속 돌아다니면 건강에 문제가 생기는 게 당연지사다. 그래서 코타로는 머릿속에 떠오른 불평불만을 꾹 삼켰다.

"그리고 나도 질책할 때랑 그렇지 않을 때는 구분해. 너 혼자 어려운 일을 하고 있는데, 어떻게 질책할 수 있겠어?"

진짜 청기사는 아직도 찾아내지 못했다. 알라이아와 만나지 못한 청기사가 어디를 어떻게 이동하고 있는지 전혀 모르는 탓에 클란은 시간에 쫓기며 수색하는 중이었다. 코타로는 만약 자신이 그 일을 맡았더라면 과연 찾을 수 있었을까 생각하다가, 어려울 거라는 결론을 내렸다. 즉 질책하면 안 되는 때라는 뜻이다.

“미안하게 되었네요. 수색을 어중간하게 끝내서…….”

코타로가 질책하지 않자 클란의 표정이 조금 풀렸다. 그리고 목소리도 얼마간 따스해졌다.

“그런데 어떤 식으로 수색하고 있었어?”

“그러니까 말이죠…… 우선 알라이아 씨 일행의 이동 경로를 지도상에 기록하고, 그 주변에 있는 마을들을 하나씩 돌아보았어요.”

“그렇군. 영리한 방법이네.”

그리고 두 사람은 각자 어떤 일이 있었는지 차근차근 설명했다. 이때 두 사람 사이에는 적대적인 감정이나 긴장감이 없었다. 결과적으로 클란의 감기가 두 사람의 관계에 긍정적인 영향을 주었다.

‘상황이 묘하군요. 감기에 걸린 덕분에 일이 좋은 방향으로 흘러가는 것 같사와요…….’

그런 두 사람을 또 하나의 클란이 흥미진진하게 지켜보았다. 그들을 지켜보고 있는 클란은 이 타이밍에 감기에 걸리진 않았다. 그리고 코타로와는 이틀 뒤에나 이런 이야기를 나누었다. 그런데 감기에 걸린 덕분에 시기가 앞당겨졌다. 코타로와의 관계가 이틀 먼저 개선된 셈이었다.

‘인간의 운명은 사소한 일로 변하는 법이네요…….’

계기는 무척 사소했다. 클란이 감기에 걸리는 여부. 고작 그런 차이가 클란과 코타로의 관계에 큰 변화를 일으키기 시작했다. 그리고 이 이틀의 차이는 앞으로 두 사람의 관계를 더욱 극적으로 바꿀 게 분명했다.

"아, 그래. 슬슬 때가……."

"꺄앗?!"

코타로와 이야기를 나누던 클란이 갑자기 비명을 지르며 몸을 움츠렸다. 코타로가 느닷없이 몸으로 깔아뭉개려는 듯한 기세로 다가왔기 때문이다.

"진정해. 이마에 얹은 물수건을 바꾸려는 거니까. 딱히 네게 몹쓸 짓을 할 생각은 없다고."

물론 코타로에게는 어떤 불순한 의도도 없었다. 그저 클란의 이마를 식혀주던 수건을 가져가서 목제 대야에 넣고 빨았다. 두 사람은 꽤 오랫동안 대화를 나누었기 때문에 수건을 다시 적실 때가 됐을 뿐이었다.

"그, 그런 거였군요……."

"뭐라고 생각했길래 그래?"

"그건…… 침대에 누운 여성에게 남성이 할 일이라면…… 그…… 그러니까……."

"바보야, 나도 지금이 어떤 상황인지 잘 알거든? 환자한테 그런 짓을 하겠냐!"

아무리 적이었던 상대였기로서니 코타로는 거동이 불편한 환자를 괴롭히는 취미는 없었다. 이번만큼은 살짝 화가 났기에 코타로는 강한 어조로 말했다.

"그, 그렇겠죠. 의, 의심해서 미안해요."

클란도 코타로가 고지식한 사람이라는 사실을 잘 알았기 때문에 순순히 실수를 인정하고 사과했다. 그에게 간호 받고 있다는 점도 심리적인 장벽을 낮춰주었다.

"안 그래도 넌 내가 현대로 돌아가기 위한 구명줄이라고. 그러니 심기를 불편하게 할 수는 없지. 물론 너도 그렇겠지만."

"아, 네, 뭐…… 그건 피차일반이니까……."

코타로는 클란의 도움이 없으면 지구로 돌아갈 수 없다. 클란은 코타로가 도와주지 않으면 역사가 바뀌어서 다른 미래로 돌아가게 된다. 둘 다 원래 세계로 돌아가기 위해서 상대방이 필요한 상황이었다.

"지금 너한테 실수했다간 지구로 돌아가는 길에 날 우주에 던져버릴지도 모르잖아."

"그럴 가능성이, 없지는 않죠……."

"그러니 현대 지구로 돌아갈 때까지는 너랑 좋은 관계를 유지하고 싶다고."

"……일시휴전, 이라고 생각하면 되나요?"

"개인적으론 영원히 휴전했으면 좋겠는데……."

대화하는 내내 클란에게 고정되었던 코타로의 시선이 한 순간 창밖의 밤하늘로 향했다.

"……."

클란은 그때 코타로가 무엇을 보고 있는지 알았다. 먼 미래의 지구에 남아 있는 티아를 비롯한 동료들이다. 『영구 휴전』은 그녀들을 위해서도 꼭 필요했다.

"아, 아무튼, 휴전은 저도 바라던 바여요! 당신이 이 시대에서 뭔가 이상한 짓을 하면 현대에 영향을 끼치게 되는걸요! 그리고 진짜 청기사를 찾을 때까지 대역 노릇을 열심히 해야 한다는 걸 명심하시길!"

그리고 그걸 알기 때문에 클란의 말투에는 자연스럽게 힘이 들어갔다. 지금 당신 앞에 있는 건 다름 아닌 나이니까, 나만 보아라— 그녀의 작은 가슴에 그런 감정이 아주 작게 싹텄다. 하지만 클란은 그 새로운 감정을 자각하지 못했다. 아직 적이라는 인식을 완전히 떨쳐내지 못했거니와, 애초에 열 때문에 의식이 다소 몽롱했다. 그래서 자신의 미약한 변화를 알아차릴 여유는 없었다.

'그야말로 제 일이니까, 참 안타깝군요……. 등에 업혔을 때부터 감정에 다소 변화가 있었을 텐데……. 아, 그렇구나. 최근 티어밀리스 씨 일행은 저를 보며 이런 감정을 느꼈겠네요…….'

알아차린 사람은 이 세계를 엿보고 있는 클란뿐. 자기 자신을 외부에서 객관적으로 보는 중이었으니 감정을 손바닥 보듯 훤히 알 수 있었다. 뿐만 아니라 원래 세계의 동료들이 자신을 어떻게 보고 있는지도 가르쳐주었다. 명확한 점을 인정하지 않는 모습이 답답해서 미칠 것 같았다.

'잠에서 깨어나면, 조금 더 솔직해져야겠어요……. 숨겨봤자 의미가 없으니까. 이만큼 드러난다면, 다들 알 테니까……. 분명 벨트리온도……'

그리고 이때 본 자신의 모습이 클란이 원하던 대답의 일부를 가르쳐주었다. 이미 들켜버린 것을 필사적으로 감춘들 무의미한 짓이다. 오히려 손해를 볼 뿐이다. 친구나 좋아하는 사람과의 관계는 물론이거니와, 분명히 황제가 된 후 적대세력과의 관계에서도. 물론 밀고 당기기를 위해서 일부러 그러는 것이라면 얘기가 달라지겠지만.

똑똑.

지켜보던 클란이 결의를 새로이 다졌을 때. 누군가가 방문을 노크했다.

"누구시죠?"

『저예요.』

"알라이아 전하?!"

놀랍게도 그 인물은 알라이아였다. 황녀를 기다리게 할 수는 없는 노릇이니 코타로는 나무 의자를 요란하게 끌면서 벌떡 일어나 급히 문쪽으로 다가갔다.

"……저도 황녀인데요……."

……저도 황녀인데요…….

그런 코타로의 모습을 보고 두 클란의 말이 겹쳤다. 같은 황녀인데 이 반응 차이는 무엇이란 말인가. 이유는 아주 잘 알았지만, 그래도 그녀는 다소 부아가 났다. 다만 겉으로 드러나는 반응은 같아도 두 클란의 감정이 완전히 일치하는 건 아니었다. 엿보고 있는 쪽은 코타로가 속으로는 자신을 황녀가 아닌 동등한 눈높이로 바라보고 있다는 사실이 기쁘기도 했다.

"식사를 가져왔어요."

"말씀해주셨으면 제가 가지러 갔을 텐데요."

"후후후…… 실은 클란 님이 좀 어떤지 보고 싶어서 겸사겸사 들고 왔어요."

"심려를 끼쳐드려 죄송합니다. 아, 쟁반은 이리 주십시오."

"고마워요."

알라이아는 미소 지으며 코타로에게 쟁반을 내밀었다. 그녀의 웃는 얼굴은 너무나도 무방비했고 신뢰로 가득 차 있었다. 엿보고 있는 클란은 그 모습을 보면서 문득 떠올렸다.

'역시 알라이아 씨는, 이미 벨트리온을 마음에 두고 있군요……'

엿보고 있는 클란은 수확제 밤에 알라이아가 코타로를 사랑하고 있음을 깨달았다. 현시점은 그 이틀 전이지만, 알라이아에게서는 이미 그때와 같은 낌새가 느껴졌다. 남자라면 견디기 어려울 정도의 매력을 발산하고 있었다.

—그런데 용케도 알라이아 씨의 구애를 뿌리치고 현대로 돌아왔군요, 벨트리온은……. 바보라고 해야 할지, 완고하다

고 해야 할지……. 뭐, 청기사이니 어쩔 수 없었겠지만…….

그럼에도 코타로는 클란과 함께 현대로 돌아왔다. 즉 현대에 있는 소녀들, 그리고 함께 있는 클란을 선택해주었다. 클란은 그 사실이 자랑스러웠다. 살짝 가시가 돋친 말투는 평소와 다름없는 고집일 뿐이었다.

"야, 클란. 전하께서 널 위해 몸소 먹을 걸 가져다주셨다."

"……이렇게 황송할 데가…… 무궁한 영광이어요, 알라이아 씨— 아니, 알라이아 전하."

같은 황녀이지만 알라이아는 클란 입장에서도 전설의 황녀이자 동경의 대상이다. 알라이아가 자신을 위해 몸소 식사를 가져와 주다니 이토록 기쁜 일도 없을 것이다. 그 감정이 코타로에 대한 불만을 크게 가라앉혔다.

"감사 인사는 넣어두세요. 도움을 받고 있는 건 저희들인걸요."

"당치도 않사옵니다."

"그리고 클란 님은 감기에 걸리셨으니 부담이 안 되는 음식을 준비했어요. 이걸 드시고 기운을 차려서 병상에서 일어나시길 바랄게요."

"깊은 배려에 감사드리옵니다."

이 일련의 대화를 나누며 알라이아는 클란의 얼굴을 유심히 바라보았다. 얼굴은 아무래도 열 때문에 살짝 붉긴 했지만 그것 외에 특이사항은 보이지 않았다. 이 정도면 목숨을 걱정할 필요는 없겠다— 알라이아는 그렇게 생각하고 표정을 풀었다.

"그런데 너, 식욕은 있어?"

"모처럼 가져오셨는데 먹어야죠. 그래도 조금만 작게 잘라주시겠어요?"

"오냐. 그러고 보니 넌 쌩쌩할 때도 무슨 새가 모이 먹듯이 먹었지."

"당신에게 에티켓이 부족할 뿐이어요."

"에티켓 같은 소리 하지 말고 왕창 먹어, 왕창. 감기는 체력이 승부처라고."

"갑자기 많이 먹으면 오히려 몸이 고장난다고요!"

코타로는 클란의 주문대로 칼과 포크로 음식을 작게 잘랐다. 메뉴는 이 시대의 일반적인 여관 식사인 빵과 수프, 그리고 민물 생선을 손질해서 구운 심플한 음식이었다. 클란이 고향에서 먹던 것과는 비교조차 안 될 만큼 소박한 식사였지만, 그녀는 별 불만 없이 — 식사에는 불만이 없어도 코타로에게는 있었지만 — 코타로가 내미는 음식을 받아먹었다. 마치 어미 새에게 먹이를 받아먹는 아기 새 같았다.

"후후훗."

그런 두 사람을 지켜보던 알라이아가 소리 내어 웃었다. 웃음소리를 듣고 코타로와 클란의 움직임이 멈췄다. 둘 다 의아한 눈초리로 알라이아를 보았다.

“만난 지 얼마 안 됐을 때— 그러니까, 레이오스 님이 클란 님을 업어주셨을 때도 생각했는데, 두 분은 정말 사이가 좋으시군요?”

알라이아는 밝게 빛나는 표정으로 말했다. 그는 두 사람의 모습이 무척 흐뭇했다. 하지만 당사자 두 사람의 의견은 달랐다.

“당치도 않습니다. 이 녀석 때문에 고생이 이만저만이 아니거든요.”

“그건 이쪽이 할 말이어요! 만날 쓸데없는 짓만 벌이는 주제에!”

코타로와 클란에게는 아직 서로가 적이었던 시절의 인상이 강하게 남아 있었다. 그래서 필요에 의해 마지못해 협력하는 거라는 생각이 자리 잡고 있었다. 그러나 밑바닥에 그런 생각이 있다고 해도, 두 사람이 함께한 시간은 결코 적지 않았다. 둘의 관계는 이미 변하기 시작했다. 그런데 정작 본인들은 아직 자각하지 못했다. 그래서 동시에 그런 반응을 보인 것이었다.

“후후후, 도무지 그렇게는 안 보이는데요…… 우후후후훗.”

알라이아는 두 사람의 사정을 모르고 객관적으로 보았기 때문에 그들의 관계가 입에서 나오는 말과 다르다는 점을 명확하게 느끼고 있었다. 등에 업고 다녔을 때와 비교해도 지금 두 사람 사이는 더욱 친밀해진 것 같았다.

"이 녀석의 음험하고 집념이 깊은 성격은 도통 이해해줄 수가 없습니다."

"그게 다 당신 탓이라는 건 아시나요?! 그러는 본인은 고리타분한 생각에 사로잡힌 주제에!"

"그치만 클란 님은 아무리 간호 때문이라지만 레이오스 님께 아무렇지도 않게 잠든 얼굴을 보여주셨잖아요?"

"윽."

의외로 클란은 정조 관념이 강해서 잠든 얼굴을 보여줄 수 있는 사람은 결혼 상대뿐이라고 속으로 정해두었다. 그런데 그 모습을 코타로에게 보여주었고, 알라이아가 지적하기 전까지 전혀 의식하지 않았다. 클란도 확연하게 인지할 수 있을 정도의 심경 변화였다.

"그리고 레이오스 님도 레이오스 님이세요. 투덜대는 클란 님을 불평 한마디 없이 간호하고 계시잖아요."

"윽."

코타로는 클란의 흉을 보면서도 그녀를 간호하는 일 자체에는 단 한마디도 불평하지 않았다. 아무리 그럴 수밖에 없는 상황이라지만, 그게 정말 적을 대하는 태도라고 할 수 있을까— 알라이아에게 지적받고 코타로는 비로소 깨달았다. 그리고 자신이 클란을 어떻게 생각하는지 자신 있게 말하기 어려워졌다.

"보통은 그런 사람들을 보고 사이가 좋다, 라고 하지 않을까요? 후후후…….”

“…….”

“…….”

알라이아의 말에 두 사람은 무심코 얼굴을 마주 보았다. 감기 기운을 제외하더라도 클란의 뺨이 빨갛게 달아오른 걸 알 수 있었다. 그리고 코타로도 마찬가지였다.

—설마, 내가 이 녀석을?

—말도 안 돼요……. 이 남자는 가증스러운 적인데요??

그러나 결국 이 자리에서는 두 사람의 고집이 이겼다. 그럴 리가 없다, 분명 알라이아의 착각이다— 기묘하게도 두 사람이 내린 결론은 같았다.

클란이 생각하기에, 코타로와 그녀의 관계가 달라지기 시작한 전환점은 역시 감기에 걸렸을 때였다. 그날부터 클란은 자연스럽게 코타로의 모습을 눈으로 좇게 되었다. 코타로도 다소 생각한 바가 있었는지 그날 이후로 어딘지 모르게 다정해진 것 같았다. 감기가 다 나은 날에도 그랬다.

『이게 뭐지?』

『저도 모르겠사와요. 2천 년 전의 생활은 상상을 뛰어넘는군요.』

『흠~ 그럼 하나 사볼까?』
『네?』
『어쨌든 음식인 건 맞잖아. 다 나았으니까 뭐라도 좀 먹어.』
『다 못 먹을지도 모르는데…….』
『남은 건 내가 먹으면 되지. 아무튼 가자고!』
『어휴, 정말 제멋대로라니까요…… 후후…….』
클란은 코타로와 함께 수확제로 한창 시끌벅적한 마을을 구경하러 나왔다. 한동안 병석에 누워 있었던 클란에게 햇빛을 쬐게 해줘야겠다는 코타로의 배려였다. 수확제가 본격적으로 시작하는 건 저녁부터이지만, 낮부터 이미 축제 분위기가 최고조에 이르렀다. 마을은 웃음으로 가득했다.
『현대 포르트제에도 저 풍선처럼 생긴 새가 흔해?』
『안타깝게도 거의 남아 있지 않을 것이어요. 현시점에서 300년 후에 남부에서 이동해 온 짐승에게 많이 잡아먹혔나 보더군요.』
『하긴, 저렇게 동그랗게 생겨서야 도망도 못 가겠군.』
『마음에 들었나요?』
『응. 재미있게 생겼고 애교가 있잖아.』
『어린애 같은 말씀을 하시는군요?』
『아직 애 맞잖아. 너나 나나.』
『그렇죠, 잊고 있었사와요. 후후후.』
클란과 코타로는 한동안 그 시끌벅적한 분위기 속에서 시간을 보냈다. 이 시간은 클란에게 특별한 추억이 되었다. 애초에 그녀는 연구실에서 두문불출하며 살아서 다른 사람과 놀러 나온 적 자체가 거의 없었다. 그래서 코타로에게 끌려 나온 추억은 클란의 가슴 속에서 한층 더 강하게 빛났다.

『수원지에 독을 푸는 걸 미리 막으면 역사가 다소 바뀔 것이어요. 하지만 그대로 둘 수는 없겠죠…….』

『네게 그 일을 시킨 책임은 지겠어. 그리고…… 포르트제 쪽은 몰라도, 지구 쪽은 변함없을 테니까 원하는 만큼 우리 집에서 살아도 돼.』

『그 낡고 좁아터진 다세대 주택 말인가요?』

『그렇게 말하면 카사기 씨 손에 요절나니까 조심하라고.』

『카사기 씨? 아아, 그 괴물 같은……』

『너, 절대 본인 앞에서 그런 말 하지 마라?』

『오, 오늘부터는 제가 직접 세탁할 것이어요!』

『왜? 사람들을 치료하느라 바쁘잖아.』

『아무리 바빠도 지켜야 할 선이 있다는 걸 깨달았사와요!』

『비상사태인데 뭘 그런 걸 신경 쓰냐.』

『청기— 아니, 남자에게 속옷 빨래를 맡기는 것도 충분히 비상사태여요!』

『갑자기 왜 저래……? 이상한 녀석이네…….』

『당신, 알라이아 씨만이 아니라 샤를 씨에게도 다정하네요?』

『뭐, 그렇지. 황족이고, 힘든 시기고, 자그맣고. 다정하게 안 대할 이유가 없잖아?』

『저 역시 황족이고, 힘든 시기고, 샤를 씨만큼은 아니더라도 자그마한데요?』

『너는—.』

『너는?』

『—뭐라고 해야 하나…… 으음, 말로는 표현하기 어렵군.』

『그렇다면 행동과 태도로 표현하시죠.』

『이런 느낌?』

말랑.

『벨트리온, 당장 제 얼굴에서 손 떼세욧!』

『네가 하라고 했잖아.』

『맞다, 클란. 알라이아 전하께서 네 전용 방을 마련해주겠다고 하시던데.』

『네에?! 그, 그런 거 필요 없사와요!』

『너도 일단은 시집도 안 간 여자아이니까, 아무리 주종관계라지만 나랑 같은 방을 쓰는 게 통념적으로 괜찮은지 걱정하시는 것 같아.』

『이 시대의 평판을 신경 쓸 필요는 없사와요! 게다가 제 존재가 기록으로 남아도 문제라고요!』

『그렇군. 그건 큰 문제이긴 하지.』

『그래요!』

『그럼 내 명의로 방을 두 개—.』

『그래도 영향이 생길 수 있거든요! 지금 이대로도 괜찮사와요!』

『그래?』

『그렇다니까요! ……정말, 어쩜 이렇게 생각이 없는 건지…….』

『야, 클란!』

『…….』

『뭐야, 표정이 왜 그렇게 심각해?』

『……알라이아 씨의 당당한 모습을 보았더니, 자신감이 조금 떨어졌사와요. 제가 저렇게 되는 건 무리일지도 모르겠다 싶어서…….』

『그렇지도 않아.』

『네?』

『네가 얼마나 잘해줬는데. 덱스트로우가 습격했을 때 말야.』

『그때는…… 그냥 필사적이었을 뿐이지…… 작정하고 그런 건…….』

『그거나 저거나. 알라이아 전하도 작정하고 하신 건 아닐 텐데.』

『혹시 당신, 지금 격려하는 건가요?』

『그건 나도 잘 모르겠네. 작정하고 그런 건 아냐.』

『……솔직하지 못하네요?』

『말만큼 쉬운 일이 아니라고.』

『후후후, 그렇죠. 정말로 그래요……. 후후후…….』

과거의 포르트제에서 지내는 동안 생긴 추억은 한두 개가 아니다. 클란이 잠시 과거를 회상하자 추억이 꼬리에 꼬리를 물고 가슴속을 스쳐 지나갔다. 백이면 백 즐거운 추억만 있는 것은 아니었으나, 그런 경험들이 차곡차곡 쌓이면서 클란의 내면을 바꾸었다. 그래서 오늘, 클란은 코타로에게 어떤 제안을 할 생각이었다. 오늘은 2010년 1월 24일. 시간은 저녁. 두 번째 연극이 끝난 직후였다.

코타로는 연극 무대에 올라가야 했지만 클란은 그렇지 않았다. 코타로를 무대로 보내고 마지막 장면을 지켜본 후, 그녀는 곧장 학교 옥상으로 올라갔다. 코타로가 그곳으로 불렀기 때문이다. 클란은 난간에 몸을 기대고 기울기 시작한 저녁 해를 바라보며 상념에 잠겼다. 그녀는 그대로 코타로를 기다릴 생각이었다.

"정말이지…… 여자의 마음을 전혀 모른다니까요. ……몰랐기 때문에, 그럴 수 있는 거겠지만……."

클란은 한눈에 봐도 기분이 좋다는 걸 알 수 있을 정도로 생글생글 웃고 있었다. 때때로 콧노래를 흥얼거리기도 했다. 이제까지 있었던 일을 생각하면서 코타로를 기다릴 뿐이었지만, 클란의 분위기는 이전과 사뭇 달랐다. 본인은 자각하지 못했지만, 연인을 기다리는 소녀와 아주 비슷했다.

"……분명 티어밀리스 씨도 고생을…… 했죠. 그 티어밀리스 씨가 펑펑 울었을 정도이니…… 후후후……."

클란은 가라앉는 저녁 해를 보며 눈을 가늘게 떴다. 머릿속에 떠오른 티아의 모습이 저녁 해와 포개졌다. 그것은 바로 조금 전 코타로와 클란이 돌아왔을 때의 일이다. 티아는 온몸의 힘이 탁 풀린 채로 눈물을 펑펑 쏟아냈다. 그것이 티아가 오늘까지 고생했다는 증거임을 지금의 클란은 아주 잘 알았다.

"……뭐가 그렇게 좋아서 히죽대고 있냐?"

"꺄아아앗?!"

느닷없이 귓가에 들려온 목소리에 놀라 클란은 팔꿈치를 대고 있던 난간에서 미끄러져 자빠질 뻔했다. 그녀는 황급히 난간에 매달리다시피 몸을 기대고는 목소리가 난 방향을 돌아보았다.

"벨트리온, 소리 없이 다가와서 갑자기 부르지 마시길! 놀랐잖아요!"

"아니, 난 멀리서 불렀는데 반응이 없길래."

"네? 그랬나요?"

"응. 그래서 왜 혼자 히죽대고 있었어?"

"당신이랑 상관없는 일이니까 신경 끄시죠!"

물론 클란은 히죽거리던 이유를 밝힐 수 없었다. 날이 선 말투로 거부하자 코타로는 고개를 빙글 돌렸다. 클란의 태도가 이상하게 느껴져서 코타로는 더 캐물을까 했지만, 결국 그러지 않았다. 자기가 그녀를 이곳으로 불러냈다는 것을 상기했기 때문이다.

"……뭐, 알았어."

“그래서 할 이야기가 무엇인가요?”

“네게 부탁하고 싶은 게 두 가지 있어.”

클란이 재촉하자 코타로는 몹시 진지한 이야기를 시작했다. 코타로가 부탁하고 싶은 일은 두 가지였다. 하나는 과거 세계에서 겪은 일을 비밀에 부쳐달라는 것. 다른 하나는 지금 코타로가 그대로 착용 중인 청기사의 갑옷에서 과거 세계 관련 데이터를 삭제해달라는 것이었다.

‘이 시기의 흐름은 변하지 않은 것 같군요……. 아, 변했다면 벨트리온이 돌아오지 못했으려나…….’

옥상에 혼자 생각에 잠겨 있을 때는 둘째 치고, 코타로와 이야기를 시작하자 엿보고 있는 클란이 기억하는 내용 그대로 대화가 전개되었다. 코타로는 티아의 감정과 포르트제의 내부 정세를 불안정하게 만들지 않기 위해 그렇게 해야 한다고 생각했다. 클란도 그 생각에 찬성했다. 다만 티아의 감정에 대해서는 코타로와 반대로 생각했지만.

“무사히 끝났사와요.”

“고맙다, 클란.”

“천만에요.”

이윽고 갑옷의 데이터 복사 및 삭제가 끝났다. 클란은 팔찌형 컴퓨터를 찬 오른팔을 내리고 그때까지 짓고 있던 미소를 거두었다.

“그런데 코타로. 저도 한 가지 부탁—이라기보다는, 제안이 있는데요."

그리고 진지한 시선으로 코타로를 바라보았다.

"뭔데?"

큰 걱정거리가 막 정리된 참이라 코타로는 가볍게 대답했다. 이제 일상생활로 돌아갈 수 있겠다며 안도하고 있었다.

"당신, 제 밑에 들어올 생각은 없나요?"

"뭐, 뭐라고?!"

그러나 그 안도감은 클란의 한마디에 날아가 버렸다. 이제껏 클란의 입에서 나온 말 중에서 최대급으로 충격적이었다.

"어, 너, 진심으로 하는 소리냐?!"

이곳으로 돌아오기 위해 동고동락한 사이이므로 코타로는 클란과 싸우고 싶지 않았다. 하지만 그녀와 티아 일행과의 관계는 여전히 틀어진 상태였다. 그러니 코타로의 감각으로 말하자면, 현대로 돌아와서 클란과의 휴전 협정이 해제되었으니 적대하진 않더라도 적절한 거리를 두게 될 거라고 생각했다. 그래서 코타로는 이때 심장이 멎는 게 아닐까 싶을 정도로 깜짝 놀랐다. 클란의 말이 농담으로밖에 들리지 않았다.

"진심이어요."

그런 코타로에게 클란은 진지한 목소리로 대답했다. 그녀는 진지한 표정을 무너뜨리지 않고 코타로를 응시했다.

"바보 같은 소리 하지 마!! 그렇게 됐다간 티아가 시련을 달성할 수 없게 되잖냐!"

티아에게 주어진 시련은 106호실을 점령하고 그곳에 사는 이의 충성을 얻는 것. 다시 말해 코타로가 클란 밑에 들어가는 건 티아의 실패를 의미한다. 코타로가 절대로 받아들일 수 없는 제안이었고, 농담으로 받아들여야 하는 최대의 이유였다.

"진정하고 제 말을 끝까지 들으시길. 제 아래에 들어오는 것은 티어밀리스 씨의 시련이 끝난 뒤여도 상관없사와요."

"뭐어?!"

하지만 클란의 입에서는 또다시 코타로를 곤혹스럽게 하는 말이 튀어나왔다. 클란이 지구에 찾아온 목적과 완벽하게 배치되는 말이었기 때문에 코타로는 머릿속이 혼란스러웠다.

"그리고 혹시 당신이 절 따라준다면 전 황위계승권을 포기해도 괜찮사와요. 그렇게 하면 티어밀리스 씨가 황제가 될 가능성도 커지겠지요."

"자, 잠깐 기다려, 클란!! 너, 자기가 무슨 말을 하는지 알고 있는 거냐?!"

클란은 알라이아를 만나서 알라이아 같은 황족, 그리고 황제가 되겠다는 생각을 품게 됐다. 그런 클란이 황위계승권을 포기하겠다는 말을 하다니. 코타로는 이 상황을 갈수록 더 이해할 수 없었다.

"모르는 것은 당신이어요, 코타로."

클란은 그렇게 말하며 살짝 한숨을 쉬고는 코타로가 들고 있는 검을 살며시 손가락으로 쓰다듬었다.

"당신은 이 검의 가치를 전혀 이해하지 못하는 모양이군요."

"이 녀석의 가치라고?"

찰칵.

코타로는 칼집과 함께 검을 들어 자신의 정면으로 가져왔다. 성검 시그날틴. 알라이아가 준 검이다.

"황가의 보물. 역사적인 유산. 왕권을 상징하는 검 시그날틴. 그것을 자유자재로 다루는 인간이 황가에 어느 정도의 의미를 가지는지……."

이때 클란의 말을 듣고 코타로도 그녀의 의도를 파악할 수 있었다. 포르트제 황가에게 시그날틴의 가치는 하늘을 찌를 정도로 높다. 그것을 황가에 돌려주는 대가로 황위계승권은 확실히 적절하긴 하다. 달리 말하자면, 코타로 한 명의 힘으로 티아의 문제를 평화롭게 해결할 수 있다는 뜻이었다.

"물론, 제게도 의미는 있사와요."

클란은 그렇게 말하며 자신의 가슴에 손을 댔다. 동시에 그녀의 뺨이 발그레 물들었다.

'어라라?'

그 순간, 엿보고 있던 클란은 약한 위화감을 느꼈다. 이때 나눈 대화는 그녀가 부끄러워할 만한 내용이 아니었을 터다.

"……즉, 황족으로서 이 검을 손에 닿는 곳에 두고 싶다. 그리고 클란이라는 개인으로서 이 검과 나를 연구하고 싶다는 소리로군?"

"연구요?"

이번에는 클란이 놀라며 눈을 동그랗게 뜰 차례였다. 이때 클란은 검과 코타로를 연구할 생각이 없었기 때문이다.

"어라? 아니야?"

"그야 물론, 연구할 수 있다면 더할 나위 없이 좋기야 하겠지만……."

듣고 보니 확실히 연구하고 싶은 대상이기는 했지만, 지금 그녀가 우선할 사항은 아니었다.

"그럼 너한테 무슨 득이 있는 건데?"

"……."

잠깐의 침묵. 그와 동시에 클란은 살짝 고개를 숙였다. 그 직후, 클란의 얼굴이 새빨갛게 물들었다. 그리고 그녀는 용기를 쥐어짜 다시 고개를 들었다.

"……이렇게 하면 만사가 원만히 수습되고…… 그리고, 저랑 당신이, 더 싸우지 않아도 된다고 생각하여요……."

그것이야말로 지금의 클란에게 중요한 일이었다. 연구보다도 훨씬. 자신의 미숙함을 깨닫고 코타로와 가까운 사이가 된 지금, 코타로와 대립하는 건 무슨 일이 있어도 피하고 싶었다. 유일한 이해자를 놓치는 일이기 때문에.

'……제가 거래를 제안한 이유가 달라졌잖아요!'

이 전개에 가장 놀란 사람은 엿보고 있는 클란이었다. 그녀는 이 시점에는 아직 자신의 감정을 깨닫지 못했고, 그저 연구 대상으로 쓰고 싶다는 이유가 더 중요했다. 하지만 클란이 감기에 걸린 것을 계기로 관계가 변한 덕분에, 이 시점의 그녀는 묻혀 있던 소망을 자각하는 데 성공했다.

"그런 이유라면 나도 이해할 수 있달까…… 어떤 기분인지는 알겠어."

황제 자리는 티아에게. 시그날틴은 클란에게. 클란의 입장에서도 오랜 역사를 자랑하는 대국의 황족으로서 황위계승권을 그냥 포기할 수는 없겠지만, 시그날틴과 교환하는 조건이라면 충분히 말이 되는 선택이다. 그렇게 두 황녀가 하나씩 나눠 갖고 대립을 끝내면, 클란도 코타로도 친구와 싸우지 않아도 된다. 그야말로 만사가 원만하게 수습되는 혁명적인 수법이었다.

"앗……."

코타로의 긍정적인 대답을 듣고 클란의 표정이 밝아졌다. 티아 외에도 다양한 요소가 혼재돼서 복잡하게 얽힌 상황이니만큼 실제로 코타로가 가신이 되어 줄지 말지는 미지수였다. 거절당할 각오도 했다. 하지만 클란은 자신의 생각 자체가 거절당하는 게 더 싫다고 생각했기 때문에 코타로가 이해해준 사실이 기뻤다. 그래서 깊이 안도했고, 얼굴에 떠오른 미소는 전에 없이 화사했다.

'—이렇게 웃을 줄 아는 애랑 싸우고 싶진 않아……'

이때 클란의 미소는 이상하게도 코타로의 가슴에 강렬하게 와 닿았다. 그것은 단칸방 소녀들이 진심을 드러냈을 때에 버금갈 정도로 찬란한 빛을 발했다.

"그, 그러면…… 대답은 나중에, 다른, 기회에 듣도록 하겠사와요. 그때까지 자알 생각해 두시길."

"아, 응……."

코타로는 그 빛에 도취되어 있었다. 이토록 아름다운 아이였던가— 코타로는 그런 생각에 사로잡혀 한동안 말을 잃었다. 입을 다문 코타로를 의아하게 여긴 클란이 미소를 살짝 거둘 때까지 그는 가만히 있었다.

"……코타로?"

"이, 이런. 잠깐 딴 생각을…… 그래서, 어…… 맞다, 클란. 만약에 지금 한 이야기가 없었던 일이 되었을 때는 티아에게 정면으로 싸움을 걸라고. 다만 목숨을 걸 필요가 없는, 포르트제 황족에게 걸맞은 방법으로. 그러면 내가 안 끼어들어도 되니까."

"그 점은 안심하시어요. 제가 아무리 미숙하더라도 시그날틴의 가호를 잃게 될 만한 어리석은 짓은 하지 않을 테니까."

"그것도 그렇군. 너 꽤나 계산적이구나."

"당신이란 사람은 정말! 이럴 때 정도는 다른 점을 칭찬해

주면 어디 덧나나요!"

두 사람 사이에서 흐르는 기류가 포근해졌다. 대단히 중요한 이야기를 하던 차라 이제까지는 미소가 오가도 왠지 모르게 분위기가 딱딱했다. 하지만 그것도 이제 끝났다. 두 사람의 분위기는 평소대로 돌아왔다.

"그런 말을 해 봤자, 넌…… 푸엣취!"

"어머? 감기인가요?"

"괜찮아, 괜찮아. 해가 지면서 기온이 내려가서 그래."

"그건 그렇고 당신은—."

하지만 이때 두 사람은 느끼고 있었다. 서로의 마음이 깊은 곳에서 무언가 딱 맞아 떨어지는 감각을. 덕분에 두 사람은 주위를 물들인 저녁노을 빛을 더욱 선명하게 느낄 수 있었다.

코타로가 감기에 걸린 것은 문화제 다음 날인 25일 밤이었다. 아르바이트를 마치고 돌아온 코타로는 갑자기 열을 내며 쓰러졌다. 106호실에서는 큰 소란이 일어났지만, 다행히 다음 날 아침이 되자 그럭저럭 열이 내려가서 소동은 일단락되었다. 다만 몸조리 차원에서 26일에는 학교를 쉬기로 했다.

『수업이 듣기 싫어지면 돌아올 테니까 그때까지 얌전히 있어야 한다?』

『그런 소리 말고 공부 똑바로 해.』

『그래~.』

마지막까지 106호실에 남아 있던 사나에가 벽을 통과해서 밖으로 나갔다. 사나에를 비롯한 여러 명이 남아서 간호하겠다고 했지만, 이미 거의 다 나았기 때문에 코타로는 소녀들을 학교로 보냈다. 그럭저럭 기운을 차린 자신을 보살피기보다는 본인 공부를 신경 써라. 그야말로 코타로다운 의견이었다.

"……푸엣취."

106호실에 혼자 남은 코타로의 재채기가 울려 퍼졌다. 거의 다 낫기는 했지만 감기 증상 자체는 조금 남아 있었다. 그걸 알면서도 코타로는 소녀들을 학교로 보냈다. 이유는 두 가지다. 하나는 소녀들에게 걱정을 끼치기 싫어서. 그리고 다른 하나는 그녀들 외에도 자신을 도와줄 사람이 하나 더 있다는 걸 알기 때문이었다.

『코타로, 감기에 걸렸나요?』

재채기를 하고 얼마 후에 코타로가 찬 팔찌에서 그 사람의 목소리가 들려왔다. 목소리의 주인은 현 포르트제의 제2황녀, 클라리오서 전하였다.

"너, 내가 감기에 걸린 줄은 어떻게 알았냐?"

『그 팔찌 덕분이어요. 착용자의 건강 상태를 항상 감시하고 있답니다.』

그 직후, 누워 있는 코타로와 마주보는 것처럼 클란의 입체영상이 투영되었다. 그녀는 통신기 앞에 앉아 있었다.

"과거의 포르트제에 있을 때랑 10년 전에 필요했던 기능이 그대로 켜져 있었던 거군."

『정답이어요. 연구하는 중에 갑자기 경고가 뜨기에 무슨 일인가 싶었죠.』

"나는 영락없이 네가 티아를 스토킹이라도 하는 줄 알았지 뭐야."

『알라이아 씨가 하지 않을 만한 짓은 저도 이젠 하지 않사와요!』

코타로의 말에 입체영상 속 클란이 발끈하며 눈썹을 치켜올렸다. 침략자 소녀들 중에서는 클란의 표정이 제일 역동적으로 변화한다. 코타로는 그 모습을 보고 싶어서 괜스레 심술을 부리곤 했다.

"알아. 그냥 말해보고 싶었어."

"당신 정말…… 간호라도 해줄까 하는 사람에게 잘도 그런 말이 술술 나오는군요?!"

그 목소리는 팔찌가 아니라 지척에서 들려왔다. 그쪽으로 고개를 돌리자 빛나는 벽을 등지고 팔짱을 낀 채 화내는 클란의 모습이 보였다. 그녀는 전송 게이트를 이용해서 방에 직접 찾아왔다. 그 얼굴은 눈앞에 보이는 입체영상과 완전히 똑같았다.

"그래도 성장하고 개심한 클라리오서 황녀 전하는 마음이 따스한 분이니까 용서해주시겠지."

"……뻐, 뻔뻔하기는……."

"클라리오서 황녀 전하께서는 오늘도 대단히 아름다우시군요."

"……쌩쌩한 게 도와줄 필요도 없어 보이는데, 그냥 돌아가도 되지요?"

"으아— 잠깐, 잠깐만! 미안해, 클란."

선뜻 간호하러 와준 클란이 고맙기도 했거니와 자야 할 때 곁에 그녀가 있어 주면 따분하지 않을 것이다. 그래서 코타로도 이번에는 순순히 사과했다.

"왜 처음부터 솔직하게 말하질 못하는 건지…… 정말……."

클란은 작게 한숨을 쉬고 코타로의 머리맡에 앉았다. 그리고 살짝 고개를 숙이며 그의 얼굴을 살펴보았다.

"자는 얼굴은 보지 마. 원래 아내가 될 분에게만 보여드릴 수 있는 거니까."

코타로는 그렇게 말하면서 씨익 웃었다. 예전에 포르트제에서 클란에게 들었던 말이다.

"그런 건 이미 질리도록 봤사와요! 예의를 지키시어요, 예의를! 간호하러 온 사람에게 너무한 것 아닌가요!"

"그렇게 화낼 것까진 없잖아. 막간을 이용해서 우정을 확인했을 뿐인데."

"자꾸 그렇게 굴면 저도 진심으로 대할 것이어요?!"

"진심? 나한테 시집오겠다는 거야?"

"엇……."

"……."

갑자기 두 사람 사이에 침묵이 흘렀다. 아내가 될 여자에게만 보여줄 수 있는 잠든 얼굴. 그것을 이미 몇 번이나 본 클란. 진심으로 대한다는 것은, 다시 말해 클란이 아내가 된다는 뜻이다.

"아, 어, 그게…… 마, 맞다. 몸 상태는 어떤가요?!"

코타로의 아내가 되기. 혹은 코타로를 남편으로 맞기. 갑작스레 그 광경을 상상하고만 클란의 얼굴이 새빨갛게 물들었다. 아무 위화감 없이 그 생활을 쉽게 상상할 수 있었다. 그래서 클란은 황급히 화제를 바꾸었다. 얼른 화제를 바꾸지 않으면 자기가 기묘한 말을 꺼내게 될 거라는 예감을 느꼈다.

"아, 어어, 열은 많이 내렸는데, 그래도 정상 체온보다는 높아. 일어나 있으면 아직 머리가 빙빙 도는 느낌도 들고."

이는 코타로도 별반 다르지 않았기 때문에 그런 클란의 의도를 순순히 따랐다. 코타로 역시 클란과 결혼하는 자신의 모습을 상상하고 당황했다. 가장 당황했던 점은 그것도 괜찮은 것 같다고 생각한 자기 자신의 감정이었다. 그래서 클란과 마찬가지로 그 주제로부터 벗어나고 싶은 마음이 가득했다.

"그럼, 그…… 진단과 약 처방을…… 하겠, 사와요."

"그, 그래…… 부탁할게."

둘 다 목이 바짝바짝 마르고 머릿속이 활활 타올랐다. 그래서 자신의 감정이 헛돌고 있다는 걸 알 수 있었다. 화제를 바꾸는 데는 성공했지만, 두 사람의 감정은 여전히 그 직전 시점에 남아 있었다.

'두 세계의 차이가 현저해지기 시작했군요……. 제 경우에는, 원래 세계로 돌아온 초기에 벨트리온을 이렇게까지 의식하지 않았사와요……. 훨씬 제 감정에 자각이 없었고, 그런 주제에 벨트리온과 어떻게든 관계를 유지하려 했는데…….'

이 세계의 코타로와 클란의 관계는, 엿보고 있는 클란이 모르는 미지의 영역에 돌입했다. 지구에 막 돌아온 시점에는 이렇게까지 관계가 크게 변화하리라고는 생각하지 못했다. 이미 그녀 자신의 과거는 참고가 되지 않았으며, 다음 전개를 한 치 앞도 예상할 수 없었다.

'그래도 이 세계의 두 사람이 이렇다면, 저의 벨트리온에게도 먼저 감정을 표현하면…… 분명히, 똑같이…….'

클란은 비록 미래를 예상할 수는 없었지만, 자신이 또 하나의 자신처럼 감정을 강하게 드러낸다면 코타로는 지금 이

상황과 똑같이 응해줄 것이라고 상상할 수 있었다. 왜냐하면 눈앞의 자신보다도 현실 세계의 자신 쪽이 코타로와 훨씬 인연이 깊다고 확신하고 있었기 때문이다.

"진단 결과가 나왔사와요.. 역시 단순한 감기네요."

"역시 기술이 아무리 발전해도 달라지지 않는 건 있구나."

"이제부터 차이를 보여드리죠. 당신의 몸 상태에 맞춰서 약을 처방하겠사와요."

"그건 확실히 기술이 진보했다는 느낌이로군."

화제가 바뀐 덕분에 클란과 코타로는 한시름을 덜고 대화를 이어갔다. 반면에 감정 쪽은 지금도 여전히 조금 전에 나눈 대화에 머물러 있었다. 두 사람은 이때 같은 생각을 했다. 그것은『화제를 이렇게 바꾸어도 정말 괜찮은가?』였다.

"저기……."

"야……."

그리고 그 감정이 강했기 때문에 무의식중에 입 밖으로 말이 튀어나왔다. 하지만 동시에 튀어나오는 바람에 두 사람의 말은 도중에 기세를 잃고 말았다.

"뭐, 뭐죠?"

"별 건 아닌데…… 너는?"

"저도, 따, 딱히 대단한 얘기를 하려던 건……."

둘 다 어떻게 말하는 게 좋을지 알지 못했다. 그러니 도중에 끊기지 않았더라도 결과는 동일했을 것이다. 어떻게 운을 떼야 조금 전 이야기로 돌아갈 수 있을까, 그러면서도 오해를 부르지 않을 수 있을까. 사나에나 다른 아이들에게 물어보면 간단한 거 아니냐는 대답을 들을 법한 고민이었지만, 지금의 두 사람에게는 난제였다. 하지만 그 점이 또 좋았다.

"……."

"……."

클란과 코타로 사이에 다시 침묵이 돌아왔다. 하지만 그 침묵은 조금 전보다 훨씬 무거웠다. 두 사람은 어렴풋이 느끼고 있었다. 조금 전 이야기에 관해서 서로 전하고 싶은 말이 있다는 것을. 그리고 아마 전하지 않으면 후회하리라는 것을. 그럼에도 침묵은 꽤 오래 이어졌다. 두 사람의 체감상 몇 분 정도 이어졌으리라.

"있잖아, 클란."

긴 침묵을 먼저 깬 사람은 코타로였다. 역시 행동력은 코타로가 한 수 위이기도 했고, 그는 이 무거운 긴장 상태를 더는 버틸 수 없었다.

"왜, 왜 그러시죠?"

"나는, 그…… 나도 이유는 잘 모르겠지만…… 자는 모습을 네게 보이는 건, 아무렇지도 않다고나 할까……."

"……저, 저도, 당신이 보는 건 딱히 아무렇지도 않사와요……. 왜인지는, 저도 잘 모르겠지만……."

왜 그렇게 생각하게 되었는지 말로 표현하기란 쉽지 않았다. 역시 두 사람의 관계 변화는 너무나도 급격했다. 다만 확실한 것은, 서로에게 잠든 얼굴을 보여줘도 괜찮다고 생각한다는 점이었다. 그것이 쉽게 이해할 수 있는 범위에서 최선을 다해 표현한 두 사람의 진심이었다.

"후후훗, 우후후후후!"

"아하하, 와하하하하!"

그렇게 서로의 진심을 확인했기 때문일까. 답답한 침묵이 싹 날아가고 두 사람에게 웃음이 돌아왔다. 침묵의 반동 때문에 밝고도 바보스러운 웃음으로 발전했다.

"우, 우리도 참 바보 같네요! 이미 그런 걸 따로 확인할 필요가 있는 사이도 아닌데! 아하하하하핫!"

"나, 나는 아마도, 감기 때문일걸! 와하하하하하핫!"

처음에는 적으로 만났지만 두 사람은 이제까지 숱한 고난을 극복해 왔다. 때로는 둘이서 시공의 미아가 될 각오까지 했었다. 그런데 이제 와서 잠든 얼굴 하나로 일희일비 하다니. 너무나도 우스워서 견딜 수가 없었다.

"저도…… 후훗, 아마, 감기 때문일 것이어요……."

그러나 이렇게 마주보고 웃을 수 있는 것도 모호하게 방치해두었던 부분을 확인한 덕분이다. 그리고 그 감정이 일방통행이 아님을 알게 된 덕분이다. 그래서 잠든 코타로를 바라보는 클란의 미소는 여느 때 이상으로 부드러웠다.

코타로의 상태가 이상하다— 키리하가 그 사실을 깨달은 것은 코타로가 감기에 걸린 달이 끝나갈 무렵이었다. 처음에 품었던 위화감은 누군가가 감기에 걸린 코타로를 간호하러 온 것 같다는 느낌이었다. 대야가 원래 두는 곳에 없었고 수건이 줄어들어 있었다. 또한 페트병의 차를 따라 마신 듯한 유리잔이 코타로가 설거지할 때보다 깔끔하게 씻겨 있었다. 의아하게 생각한 키리하가 묻자 코타로는 친구가 간호하러 와줬다고만 대답했다. 더욱 궁금증을 느낀 키리하는 그 뒤로 한동안 코타로를 관찰했는데, 그가 때때로 클란과 만난다는 것을 알 수 있었다. 불과 얼마 전까지 클란과 적대하는 관계였으니 기묘한 상황이라 할 수 있었다.

"……역시 우리 생각보다 훨씬 더 기간이 길었다고 봐야겠지……."

키리하는 팔짱을 끼고 생각에 잠겼다. 두 번째 연극 때, 코타로가 클란의 폭탄을 벤 여파로 두 사람은 몇 분 동안 자취를 감추었다. 그 사이에 두 사람은 멀리 떨어져 있는 세계에 다녀왔다고만 설명했다. 다만 말하는 태도를 통해 추측건대 두 사람에게는 몇 분이 아니라 훨씬 긴 시간이었던 것으로 보였다. 키리하는 처음에는 며칠 정도로 생각했지만, 현재 두 사람을 보니 훨씬 더 길지 않았을까 하고 생각할 수밖에 없었다.

"……여기 있었군, 루스."

그래서 키리하는 루스를 찾아갔다. 중력과 시공간 관련 내용은 루스가 제일 잘 안다. 키리하의 의문에 대답해 줄 수 있는 사람은 루스뿐이었다.

"어쩐 일이신가요, 키리하 님?"

루스는 『청기사』의 정비용 행거에 있었다. 이곳에는 크고 작은 정비용 장치가 마련되어 있어서 『청기사』에 탑재된 모든 병기를 정비할 수 있었다. 그녀는 이곳에서 매뉴버 슈트, 즉 코타로의 갑옷을 열심히 정비하는 중이었다.

"물어볼 게 있다만."

"굳이 여기까지 오신 걸 보면…… 민감한 사안인가요?"

"눈치가 빨라서 좋군. 코타로와 클란에 관한 이야기야."

"아하, 그렇군요."

루스가 살짝 실눈을 떴다. 실은 루스도 코타로와 클란의 관계에 의문을 품고 있었다. 루스는 그때까지 하던 작업을 중단하고 키리하에게 다가갔다.

"최근에 코타로와 클란의 관계가 과하게 양호한 것처럼 보이더군. 그래서 우리가 생각한 것보다 더 오랫동안 두 사람이 행동을 같이한 게 아닐까 하는 의문이 들어서, 다른 세계로 이동하는 것에 관해 질문을 하러 왔다."

"클란 전하와 함께 다른 세계로 갔다가 힘을 합쳐서 돌아왔다. 어떤 사람에게 피해를 줄 수 있으니 자세히 설명할 수는 없다— 사토미 님께서는 분명 그렇게 말씀하셨죠."

“그래서 말인데, 다른 세계로 이동한다는 건 시간의 경과에 어느 정도까지 영향을 끼치는 거지?”

키리하가 예상하기에 코타로와 클란의 관계가 변하려면 적어도 몇 달은 필요했다. 본인들의 경험을 바탕으로 계산한 결과이니 오차가 심하지는 않을 터였다. 과연 세계 이동에서 비롯된 시간 경과의 왜곡이 그 정도 규모로 발생할 수 있는가. 키리하의 관심은 그 부분에 집중되었다.

“사토미 님께서 베어내신 클란 전하의 무기가 지닌 성질을 생각하면, 두 분이 고중력에 노출된 건 틀림없어요. 하지만 그때 관측된 에너지 총량을 미루어 보면, 이동 자체로 인한 시간 경과의 왜곡은 며칠에서 몇 주가 한계일 거라고 봅니다.”

“짧군……. 그 정도로는 두 사람의 관계 변화를 설명할 수 없어.”

루스의 설명은 키리하를 만족시키지 못했다. 이는 코타로가 밝힌 얘기를 뒷받침하는 설명일 뿐, 변화의 이유로는 부족했다.

“그러므로 키리하 님의 예측이 옳다고 친다면, 이 경우에는 두 가지 가능성이 새로 생기게 돼요. 첫 번째는 이동한 세계 자체의 시간 경과가 이곳보다 빠를 경우입니다.”

이동한 세계의 시간이 지금 있는 세계보다 빠르게 흐른다면 이곳의 5분이 그쪽에서는 몇 달인 것도 얼마든지 가능하다. 세계 설계 자체의 차이에서 발생하는 문제다.

"다른 하나는?"

"……이동한 곳이 다른 세계가 아니었을 경우, 예요."

이 두 번째 이유는 루스도 반신반의했다. 그래서 이때 그녀의 목소리에는 다소 자신감이 없어 보였다. 그래도 정황증거는 있는 듯했다. 아예 헛소리로 치부하기에는 아까운 생각이었다.

루스는 조금 전까지 정비하던 코타로의 갑옷 상태를 보고 그런 생각을 떠올리게 되었다. 코타로가 이곳에 돌아온 시점을 기준으로 기체가 수집한 데이터가 전부 지워져 있었다. 그래서 키리하와 루스는 함께 클란을 찾아갔다.

"……만약에 예기치 못한 사고로 다른 세계에 다녀오셨다면, 이렇게 꽁꽁 숨길 이유가 어디에 있을까요? 대체 누구에게 어떤 피해를 끼친다고?"

전혀 상관없는 곳에 던져졌다가 돌아왔다면 무언가 위험한 정보 ― 예를 들어 현지의 특이한 기술 등, 목표가 되기 쉬운 것 ― 가 기록되었다 하더라도 그것만 지우면 될 일이다. 그러면 아무에게도 피해를 끼치지 않을 뿐더러 쓸데없는 의혹도 생기지 않는다. 그런데 갑옷의 데이터가 전부 삭제되었다. 그렇다면 모든 기록이 위험하다고 생각할 수 있다.

"뭐, 뭐라고요? 데이터를 전부 지우는 게 더 편하니까요. 굳이 특정한 부분만 골라서 지우는 건 번거롭잖아요."

루스의 예리한 지적에 클란은 당황했다. 그리고 두뇌를 풀가동해서 필사적으로 단어를 골랐다. 묻혀 있는 지뢰는 많다. 그것을 피하며 대답해야 한다. 하지만 다행히 여태까지는 잘 헤쳐 나왔다. 클란의 대답은 어느 정도 합리적이었기 때문에 루스는 그 이상 추궁하지 못했다. 그때 루스를 대신해 키리하가 나섰다.

"그렇다면 과거의 포르트제에 다녀온 건 절대 아니다, 이건가?"

사실은 코타로의 갑옷에 탑재된 번역기의 언어 검색 순위가 바뀌어 있었다. 최상단에 포르트제의 하위 고대어가 있었다. 2천 년 전 포르트제에서 일반적으로 쓰던 언어다. 그것을 보고 키리하와 루스는 코타로와 클란이 과거의 포르트제에 다녀온 게 아닐까, 그래서 데이터를 삭제해야 했던 게 아닐까 하는 결론에 다다랐다.

"그……."

클란은 반사적으로 입을 다물었다. 키리하가 대뜸 직설적으로 추궁하자 말이 제대로 나오지 않았다. 그래도 아예 예상하지 못한 전개는 아니었기에 클란은 어떻게든 둘러대려고 다시 머리를 굴리기 시작했다. 상대는 클란이 가장 위험하다고 여기는 키리하. 이제까지 이상으로 신중하게 발언해야 했다.

"……그야 당연하죠. 우리가 만난 이들은 미지의 언어를 썼사와요. 우연히 비슷한 언어였길래 맨 처음에 검색되었을 뿐 아닐까요?"

"그런데 클란 황녀. 키이라는 소녀가 남긴 전언이 있다.『가끔은 직접 청소나 빨래를 해야 오빠한테 미움받지 않을걸?』"

"헉?! 당신이 어떻게 키이를— 아앗, 이런?!"

하지만 상대는 심리전의 달인 키리하. 클란의 의식이 과거의 포르트제에 집중된 타이밍에 완전히 다른 각도에서 파고들었다. 그 결과 클란은 키이라는 이름이 키리하의 입에서 튀어나온 것에 대한 놀라움을 미처 감추지 못했고, 그렇게 꼬리를 잡히고 말았다.

"역시 그랬군……. 이 우주선에 들어왔을 때부터 그럴 거라고 생각했어. 뭐가 어디에 있는지 어렴풋이 기억이 나."

키리하는 클란의 반응에 만족하고는 크게 고개를 끄덕였다. 그리고 그녀를 바라보는 눈빛이 한없이 부드러워졌다. 과거에 적이었던 이에게 보내는 눈빛이 아닌, 무척이나 친밀한 누군가를 바라보는 눈빛이었다.

"그렇다면 당신…… 당신이 키이였다는 건가요?!"

클란은 키리하의 눈동자 속에 깃든 빛을 본 적이 있었다. 10년 전 킷쇼하루카제시에서 만난 가출 소녀— 키이의 눈빛과 같았다.

“오랜만이야, 언니.”

그렇게 말하며 키리하는 10년 전 그녀처럼 웃었다. 나이를 먹는 과정에서 볼 수 없게 되었던 그녀의 무방비한 미소. 그것이 몇 년 만에 나타났다. 10년 전에 코타로와 클란을 만난 사건은 키리하에게 그만큼 중요한 일이었다.

“어떻게 된 거죠?”

상황을 이해할 수 없던 루스가 고개를 갸우뚱했다. 클란이 키리하를 키이라고 부르는 이유도, 키리하가 클란을 언니라고 부르는 이유도 전혀 알 수 없었다.

“사실 클란 언— 아니, 클란 황녀와 코타로는 과거의 포르트제에서 돌아오는 길에 10년 전 킷쇼하루카제시에 들렀다. 그때 어린 시절의 나와 만났지.”

루스가 질문한 시점부터 그녀는 평소의 태도를 되찾았다. 그리고 키리하는 순서대로 루스에게 사정을 설명했다. 가출해서 지상으로 올라와 파란 유성을 따라갔다가 코타로와 클란을 만나게 된 일. 그리고 그 만남을 계기로 일어난 사건의 전말을.

“그런 일이 있었군요…….”

사정을 파악한 루스가 고개를 크게 주억거렸다. 그리고 상황이 명확해지자 클란은 머리를 부여잡으며 입을 열었다.

“……이렇게 복잡할 수가. 심지어 저는 키이에게 무기를 들이댔던 거군요……. 다행이어요, 져서. 정말로 다행이어요…….”

어린 시절의 키리하와 만났다는 사실도 놀라웠지만, 지금의 자신이 지켜낸 키이를 과거의 자신이 죽이려고 기를 썼다는 사실은 클란에게 충격적인 일이었다. 혹여나 성공했을 경우를 상상하자 등줄기가 얼어붙는 듯했다.

"나도 놀랐다. 설마 추억의 『언니』가 클란 황녀였을 줄이야……."

키리하도 비슷한 기분이었다. 기억 속의 『언니』와 적이었던 클란은 너무나도 달랐다. 그래서 외모가 같은데도 알아보지 못했다. 물론 타임 슬립이 불가능하다는 상식과 10년 전의 기억이 다소 희석된 것도 영향을 주었을 테지만. 어쨌든 키리하도 그녀를 해치지 않아서 다행이라고 생각하며 가슴을 쓸어내렸다.

"그리고……."

그때 키리하는 품에서 카드 한 장을 꺼냈다. 다름 아닌 그녀가 10년 전부터 소중히 간직해온 카부통가 트레이딩 카드였다.

"둘에게 미안하지만 급한 일이 생겼다. 오늘은 이만 실례하도록 하지."

"키리하 님?"

"……아, 그렇군요. 다녀오세요, 키이."

"고마워, 언니!"

키리하는 인사를 남기고 그녀답지 않은 조급한 모습으로

『요람』을 뛰쳐나갔다. 문을 통과한 시점부터 클란과 루스는 머릿속에서 사라졌다. 지금 그녀에게는 무엇보다 우선적으로 해야 하는 일이 하나 있었기 때문이다.

"후후, 저런 면모는 변하지 않았네요……."

클란은 키리하가 떠난 문을 바라보며 눈을 가늘게 떴다. 10년 전 세계에서 만난 키이라는 소녀는 영리하면서도 한 번 마음먹으면 총알 같은 기세로 행동에 나서는 소녀였다. 그리고 여전히 그런 면을 갖고 있는 덕분에 클란의 머릿속에서 키이와 키리하가 문제없이 합쳐질 수 있었다.

"키리하 님이 어딜 가시는 걸까요?"

"실은 키이에겐 첫사랑이 있사와요. 드디어 그 사람이 어디 있는지 알게 되었기에, 그를 만나러 간 것이죠."

"첫사랑…… 그랬던 거군요."

루스도 그 사람이 누구인지 알 것 같았다. 그래서 분명 멋진 일이 일어나리라는 예감이 들었다.

"그로부터 10년 동안…… 계속 마음속에 간직하고 있었던 거군요……."

이때의 클란은 정말로 다정해 보였다. 예전의 클란에게서는 느낄 수 없었던 타인을 아끼는 감정이 흘러넘쳤다.

'클란 전하께선 변하셨어…….'

그리고 그 모습을 보고 루스는 클란의 내면이 자신이 알던 것과 크게 달라졌음을 느꼈다. 자취를 감춘 사이에 그 변화를 부추긴 무언가가 분명히 있으리라— 그리고 루스는 그게 무엇인지 짐작이 갔다.

"과거의 포르트제에서 알라이아 폐하를 뵙고 오셨군요, 클란 전하."

클란의 내면을 이토록 바꾸어버릴 사건이란 과연 무엇인가. 그 단서는 갑옷에 남은 각종 손상, 삭제된 데이터, 번역기의 우선순위. 그리고 지금 새로 드러난 최소한 10년 전 시점까지는 타임 슬립 했다는 사실. 이 정보를 토대로 루스가 도출한 결론은, 클란이 2천 년 전으로 가서 알라이아와 교류했다는 것이다.

"아, 아니……."

클란은 즉시 부정하려고 했다. 트러블을 피하기 위해 비밀로 하자는 얘기는 코타로가 먼저 꺼내기는 했지만, 클란도 그 생각에는 동의했다.

"……네, 그래요. 우리는 2천 년 전으로 가서 알라이아 씨를 만났사와요."

하지만 클란은 중간에 생각을 바꾸고 사실을 밝혔다. 키리하 때문에라도 루스를 완벽하게 속일 수 없다고 판단했기 때문이다.

"그럼 설마, 사토미 님은……."

손상된 갑옷, 데이터, 번역기. 그것은 돌고 돌아 코타로가 2천 년 전 포르트제에서 무엇을 했는지 알려주었다.

“그 설마가 맞사와요. 그 남자가 바로…… 우리 포르트제인이 레이오스 파트라 벨트리온이라 부르며, 경애하는 그 인물이랍니다.”

“사토미 님이, 청기사였다고요?!”

루스의 얼굴이 경악으로 일그러졌다. 그녀는 그대로 한동안 우두커니 서 있다가 이윽고 다리에 힘이 풀려 그 자리에 주저앉았다.

“……그랬던, 거군요……. 사토미 님이, 기사 중의 기사인, 청기사 각하……. 그렇다면 저희는…… 저는……. 흐으윽, 황혼의 여신이시여, 이, 이런 기적을 저희에게 허락해주셔서, 정말 감사합니다!!”

루스는 몸을 웅크리고 울음을 터트렸다. 마치 어린아이처럼. 실은 현재 루스에게는 맞선 이야기가 들어와 있었다. 티아를 위해서라면 그걸 받아들여야 마땅했다. 맞선 상대의 힘이 있다면 티아를 더 안전하게 지킬 수 있을 테니까. 하지만 그 사실을 알아도 그녀의 마음에는 강력한 저항감이 있었다. 이미 그녀의 마음속에 자리 잡은 사람이 있는 까닭이었다. 그러나 코타로가 청기사라면 루스의 마음에 있는 사람을 마음 가는 대로 사랑해도 된다. 그래도 전혀 문제될 게 없다. 이토록 기쁜 일이 또 있으랴. 그렇기에 루스의 눈물은 멈추지 않았다.

“파르돔시하…… 정말 잘 되었네요.”

"네…… 감사합니다, 클란 전하……."

"당신에게 감사 인사를 받다니, 기묘한 느낌이어요."

"그러면, 처음부터 저희를 공격하지 않으셨더라면…… 흑, 으윽."

"그 말을 들으니 양심이 찔리는군요. 정말…… 예전의 저를 쥐어박고 싶은 기분이어요."

클란은 살짝 쓴웃음을 짓고는 컴퓨터를 조작했다. 루스에게 보여주고 싶은 것과 가르쳐주고 싶은 것이 산더미처럼 쌓여 있었다. 클란은 어느새 자연스럽게 남을 위해 그런 행동을 할 수 있게 되었는데, 정작 본인은 그 사실을 깨닫지 못했다. 루스는 깨달았지만, 지금은 우느라 정신이 없었다.

키리하와 루스에게 2천 년 전 세계에 다녀왔다는 사실을 들키기는 했지만, 다른 사람들에게는 당분간 계속 비밀을 유지하기로 했다. 역시 문제가 많은 이야기였다. 하지만 거듭되는 적의 습격에 시그날틴을 꺼내지 않을 수가 없었기에, 여름이 되기 전에 다른 사람들에게도 코타로가 청기사라는 사실을 밝혔다. 그리고 클란은 알게 모르게 그들을 돕고 있었기 때문에 결과적으로 그녀도 동료로 받아들여졌다. 코타로의 진실이 밝혀진 단계에서 클란이 어째서 도움을 주었는지 모두가 이해했다.

"갑자기 그러는 건 무리여요!"

"왜?"

"그, 그야, 여태까지 우리 사이는, 이러니저러니 해서……."

그런 연유로 여름에 접어들자 클란이 106호실에 있는 풍경이 당연해졌다. 오늘도 마찬가지였는데, 클란은 밥상에 앉아 사나에와 잡담을 나누고 있었다.

"그렇게 복잡하게 생각해봤자 소용없대도 그러네. 특히 오늘은 네가 우위에 있으니까 이건 기회라구."

"아니, 그렇게 말씀하셔도……."

클란의 시선이 밥상 위로 떨어졌다. 거기에는 커버를 제거한 탁상시계가 놓여 있었다. 그 시계는 코타로 것인데, 어느 날 아침에 갑자기 고장 나서 클란에게 수리를 맡기기로 했던 것이다. 그러니 사나에 말마따나 이날 클란은 평소와 다르게 코타로의 우위에 있었다. 하지만 그런 정도로는 솔직하게 행동하지 못하는 게 그녀의 답답한 점이었다.

"안 되겠네. 코타로가 돌아오면 내가 시범을 보여줄게."

"내가 뭐?"

바로 그때 코타로가 돌아왔다. 손에는 페트병 차와 컵 몇 개를 얹은 쟁반을 들고 있었다. 날이 덥기도 했고 수리를 맡기려고 클란을 불렀으니 이 정도 대접은 필요하겠다 싶어서 코타로는 나름대로 신경을 써보았다.

"코타로, 코타로. 앉아 봐, 앉아 봐!"

"응? 알았어, 잠깐만 기다려."

상황 파악이 안됐지만 코타로는 사나에가 시키는 대로 했다. 밥상에 쟁반을 내려놓고 조금 전까지 앉아 있던 방석에 책상다리로 앉았다.

"뭣 때문에 그래?"

"폴~짝!"

그러자 사나에는 다짜고짜 코타로의 무릎 위로 몸을 던졌다. 몸을 되찾기 전부터 사나에는 종종 이렇게 달라붙곤 했기 때문에 코타로는 딱히 놀란 기색이 없었다. 그는 사나에의 등 위로 손을 뻗어서 컵에 차를 따르기 시작했다.

"코타로, 스트레칭."

"예이, 예이."

스포츠를 좋아하는 코타로는 때때로 방에서도 스트레칭을 한다. 책상다리 상태에서 발바닥을 맞대고 무릎을 위아래로 움직이는 고관절 스트레칭은 장소를 딱히 타지 않기 때문에 하기도 편하다. 사나에가 위에 올라탄 상태로 그 동작을 하자 사나에의 몸이 코타로의 움직임에 맞춰서 위아래로 흔들렸다. 별 의미가 있는 행위는 아니지만 그녀는 이것을 좋아했다. 사나에는 위아래로 흔들리는 움직임에 맞춰서 손발을 움직여 평영 흉내를 시작했다.

"출~렁출렁."

"아— 수영장이나 갈까—."

"음— 그것도 좋네— 뉴후후후~."

코타로의 반응에 만족한 사나에가 기분 좋게 웃으면서 클란을 슬쩍 보았다.

'이런 식으로 하면 된다구!'

그 눈빛은 그렇게 웅변하고 있었다. 그렇다. 이때 사나에는 클란에게 스킨십 시범을 보인 것이었다.

'모, 못 해요. 무리라고요!'

하지만 클란은 고개를 작은 동작으로 빠르게 저었다. 사나에가 선보인 시범은 초심자인 클란이 따라하기에는 지나치게 어려웠다. 애초에 클란이 갑자기 그런 짓을 하면 코타로가 기절초풍할 터였다.

"사나에, 좀 무거워진 것 같다?"

"응. 키가 자랐으니까—."

"……몸으로 돌아와서 정말 다행이야."

"사람은 함께 늙고 함께 죽는 게 당연한 거랍니다."

"그렇지—. 정말로 맞는 말이라니까—."

오히려 이해하는 모습을 보인 사람은 방의 상황을 엿보던 또 하나의 클란이었다.

'그렇게 하는 거군요……. 확실히 제가 하면 놀라겠지만, 그 정도까지는 틀림없이 허용 범위일 것이어요…….'

엿보고 있는 클란은 이미 각오한 상태였고, 적극적으로

나설 계기를 기다리고 있었다. 이런 정보는 조금이라도 많이 흡수해서 돌아가고 싶었다.

"……넌 또 뭐 하고 있냐?"

빠르게 고개를 젓고, 빤히 쳐다보는 클란을 보자, 코타로는 그녀의 태도가 기묘하다고 생각했다.

"헛?! 뭐, 뭐가요? 아무것도 아니어요!"

클란은 크게 고개를 저었다. 하지만 그 반응이 더욱 수상해 보였기 때문에 코타로는 강한 위화감을 느꼈다. 그래서 반사적으로 클란에게 손을 뻗어 머리를 붙잡으려고 했다. 최근에 코타로가 가끔 티아나 사나에에게 하는 것처럼 질문에 대답해줄 때까지 볼을 마구 문질러줄 생각이었다.

"앗……."

코타로의 의도를 알아챈 클란의 표정이 밝아졌다. 사실은 예전부터 티아나 사나에에게 그러는 모습을 보며 자기에게도 해줬으면 좋겠다고 생각했다. 하지만 코타로의 손은 실제로 클란에게 닿기 직전에 멈추고 말았다.

"……뭐, 알았어. 그나저나 클란, 시계 상태는 확인해봤어?"

코타로는 시계를 수리하기 위해 클란을 불렀으니 오늘은 너무 실례되는 짓은 하지 말자고 다짐했다. 문제는 그게 클란의 바람과는 다르다는 점이었다.

"……아으……."

클란의 표정이 낙담으로 어두워졌다. 클란은 멈추지 말고 그대로 해주기를 바랐다. 얼굴 문질문질만이 아니라 코타로가 감기에 걸려 몸져누운 날부터 클란의 내면에는 코타로와 사이가 더욱 가까워졌으면 좋겠다는 소망이 싹텄다.

"클란, 왜 그래?"

"엑…… 아, 그, 시계 말이지요?"

코타로의 걱정스러운 시선을 느끼고 퍼뜩 정신이 든 클란은 허겁지겁 설명을 시작했다. 하지만 코타로는 계속 걱정인 듯했다.

"응. 그런데 너 정말 괜찮아? 아까부터 뭔가 좀 이상해 보이는데."

"괜찮사와요! 크흠, 크흠……. 하여간 시계 말인데, 전지 박스랑 기판이 접촉 불량이었사와요. 납땜만 다시 하면 고쳐질 것이어요."

"그렇구나. 그럼 부탁할게."

하지만 다행히도 시계 수리라는 대화 소재가 있는 덕분에 클란은 수난에서 벗어날 수 있었다. 코타로의 관심은 탁상시계로 옮겨가 문제의 전지 박스 단자를 보고 있었다. 거기에 있는 미묘한 틈. 그것이 고장의 원인이었다. 클란은 그런 코타로를 보고 살짝 안도했다.

"바로 고쳐드리죠……라고 하고 싶지만, 실은 땜납이 다 떨어져서요. 잠깐 사러 갔다오겠사와요."

클란은 그렇게 말하고 자리에서 일어났다. 납땜은 전자기기 부품을 연결하기 위한 간이 용접이라 할 수 있는데, 설계나 부품 종류에 따라 사용하는 땜납이 다르다. 그리고 마침 이번 수리에 필요한 땜납이 다 떨어진 터라 클란은 그것을 사러 나가려 했다. 그리고 혼자 나가서 감정을 추스르고 싶은 마음도 약간 있었다.

"나도 따라갈게."

하지만 그런 클란의 속사정과 정반대로 코타로가 동행을 자처했다. 코타로는 먼저 일어나 현관으로 향했다.

"괘, 괜찮사와요! 그렇게 대단한 일도 아닌데……."

"그럴 수야 있나. 수리를 부탁한 입장인데."

코타로는 상하관계에 엄격한 체육계 소년이기에 수리를 부탁했는데 자질구레한 일까지 다 맡길 마음은 들지 않았다. 이런 경우에는 심부름을 해야 할 사람은 코타로고, 조언자로서 클란이 함께 동행한다는 구도를 꼭 지켜야 했다.

처음에는 코타로가 같이 간다는 점에 동요했지만, 실제로 거리를 걷기 시작한 단계에서 그것이 괜한 걱정이었음을 깨달았다.

"잠깐 기다려, 클란. 저 차를 먼저 보내자."

"엣…… 아, 네."

거리는 다양한 요소로 복잡하기 때문에 코타로의 의식이 클란에게만 집중되는 일은 없었다. 밖에서도 그럴 수 있는 장소가 있기는 하나 그것은 어디까지나 예외. 두 사람만 있으면 곤란하다는 생각은 방 안에 있기 때문에 나오는 발상. 실제로는 두 사람이 밖으로 나오기만 해도 충분하다.

'—이런 부분을 보면, 저는 아직도 온실 속 화초로군요……. 정말 싫네요…….'

알라이아와 만나 시야가 넓어진 클란도 여전히 군데군데 시야가 좁은 부분이 남아 있었다. 훌륭한 황족이 목표인 그녀를 낙담하게 하는 부분이었다.

"왜 그래?"

"제 시야가 좁은 걸 수치스럽게 여기고 있었사와요."

"차 한 대 못 본 정도로 시야가 좁고 말고 할 건 없어. 사람이 살다 보면 그럴 수도 있는 거지."

"……."

코타로는 클란이 차를 못 봐서 그런 말을 했다고 생각했다. 물론 착각이었지만 클란은 굳이 정정하지 않았다. 어떤 시야의 이야기인지는 비밀로 하고 싶었다.

"앗."

그때였다. 두 사람이 건넌 횡단보도에서 한 노부인이 단차에서 발을 헛디뎌 넘어지고 말았다.

"큰일이어요!"

클란은 서둘러 노부인에게 달려갔다. 지금의 그녀는 넘어진 노부인을 그대로 둘 수 없었다. 이 횡단보도에는 신호등이 없어서 더더욱 그랬다.

"할머니, 다치진 않으셨어요?"

클란은 노부인에게 손을 내밀며 걱정스레 물었다.

"고마우이, 아가씨. 괜찮은 것 같아."

그러자 노부인은 또랑또랑한 목소리로 대답하고는 클란의 손을 잡고 일어났다. 말투처럼 정정한 모습이었다.

'내가 나설 차례는 없었군……. 다행이야……'

코타로도 클란을 따라 노부인에게 달려왔는데, 노부인이 다치지는 않은 것으로 보이자 그대로 클란에게 맡기기로 했다.

"여기 계시면 위험해요. 제가 모셔드릴게요."

"번거롭게 해서 미안하네."

"별말씀을. 이 정도는 당연히 해야죠."

클란은 노부인의 손을 잡고 횡단보도로 돌아갔다. 코타로와 클란이 가려던 방향과 반대였지만, 코타로에게 볼멘소리는 나오지 않았다. 코타로도 그렇게 하는 게 당연하다고 생각했다. 그리고 클란과 노부인은 이내 무사히 횡단보도를 건넜다.

"정말 고마우이. 참 자상한 아이로구먼."

"아직 멀었어요. 꼭 그렇게 되고 싶긴 하지만……."

"호호호. 뭐, 그렇다고 해둘까……."

노부인은 클란에게 감사 인사를 마치고 곁에 있던 코타로를 보았다. 그리고 무척 기품 있는 미소를 지었다.

“자네 애인은 정말 난사람이로구먼.”

“그럼요. 해야 할 때는 하는 사람이죠.”

코타로는 애인이라는 오해는 둘째 치고, 그녀가 난사람이라는 평가에는 이견이 없었다. 코타로는 이제까지 몇 번이나 그런 면모를 보았다. 어쩌다 맞닥뜨린 생면부지의 노부인에게 애인인지 아닌지 정정하는 것도 의미없는 짓이었기에 코타로는 순순히 수긍했다.

“잘 챙겨주게. 요즘 보기 힘든 아이이니까.”

“그래야죠. 뭐, 가끔 싸우기는 하지만…….”

“그 정도는 괜찮아, 오호호호…….”

코타로와 대화를 나누고 만족한 노부인은 마지막으로 다시 클란을 보았다.

“그럼 이만 가봐야겠구먼. 아가씨, 정말 고마웠어.”

“살펴가세요, 할머니.”

“아, 그렇지!”

“할머니?”

클란에게 등을 돌리려던 노부인은 무언가 생각났는지 클란에게 돌아왔다. 그리고 살짝 까치발을 하며 작은 목소리로 클란의 귓가에 속삭였다.

“……저 총각 손은 무슨 일이 있어도 절대 놓치면 안 돼.

우리 남편처럼 실이 끊어진 연 같은 사람일 테니까."

"하, 할머니?!"

"호호호. 그럼 잘 가렴, 참한 아가씨!"

그 말을 남기고 노부인은 재빠르게 떠났다. 그 자리에 남은 것은 얼굴을 붉게 물들이고 고개를 숙인 클란과 떠난 노부인에게 살짝 고개를 숙여 인사한 코타로 뿐이었다.

'할머니께 무슨 말을 들었을까……?'

클란의 반응을 보건대 무언가 부끄러운 말을 들었으리라는 것은 코타로도 알 수 있었다. 코타로는 그 내용이 궁금했지만 굳이 물어보지 않기로 했다. 클란은 선의로 사람을 도왔다. 그런데 사정도 모르면서 쓸데없는 말을 해서 찬물을 끼얹으면 안 되겠다고 생각했다.

"좋아, 우리도 갈까?"

그래서 코타로는 아무것도 묻지 않고 클란에게 길을 재촉했다. 그리고 앞장서서 다시 횡단보도를 건넜다. 이때 코타로는 자신은 특별히 한 게 없는데도 불구하고, 이상하게 기분이 좋았다.

"아…… 같이 가요!"

고개를 숙이고 있던 클란은 급히 그 뒤를 따라갔다. 그녀의 머릿속에서는 노부인이 떠날 때 남긴 말이 휘몰아치고 있었다. 그래서 아주 약간 주의력이 떨어져 있었다.

"꺄앗?!"

그래서 도로 위의 작은 요철에 발을 헛디딘 클란은 횡단보도 위에서 넘어지고 말았다. 마침 조금 전 노부인과 비슷한 모습이었다.

"아야야야야야……."

클란이 인상을 찌푸리며 상체를 일으키자 누군가가 눈앞으로 손을 내밀었다.

"황녀 전하, 다치지는 않으셨습니까?"

클란이 시선을 위로 올리자 코타로의 얼굴이 보였다. 눈앞에 있는 손은 코타로의 손이었다.

"고마워요, 벨트리온. 괜찮은 것 같사와요."

클란은 눈앞에 있는 코타로의 손을 잡고 꽉 쥐었다. 코타로도 클란의 손을 맞잡고 당기며 일으켜 세웠다.

평상시의 클란이라면 코타로의 손을 순순히 잡으려고 하지 않았을 것이다. 하지만 코타로가 한 말이 조금 전 그녀가 한 말이었기 때문에 클란은 노부인의 말을 인용하는 형태로 감사를 표했고, 그 흐름을 타서 코타로의 손을 잡을 수 있었다. 노부인에게 도움을 받은 셈이었다.

"이곳은 위험하니 제가 모셔드리겠습니다."

"번거롭게 해서 미안해요."

"이 정도는 당연히 해야지요."

두 사람은 킥킥 웃으며 빠른 걸음으로 횡단보도를 건넜다. 그동안 두 사람은 계속 손을 잡고 있었다.

'할머니는 아까 절대로 놓지 말라고 하셨죠. 그리고 사나에도 과감하게 행동하라고 했고…….'

클란은 횡단보도를 다 건넌 뒤에도 코타로의 손을 놓지 않았다.

클란이 노부인처럼 넘어지는 바람에 똑같이 말을 걸고 부축해 주었다. 코타로에게는 일종의 유머 비슷한 행동이었지만, 마지막에 이상한 일이 일어났다. 횡단보도를 다 건너고도 클란이 손을 놓지 않았다.

"저기 우체통이 보이지요? 저 코너에서 오른쪽으로 꺾으면 우리가 갈 가게가 있사와요."

클란의 태도는 평소와 조금 달랐다. 평소처럼 행동하려 하는 듯하지만 어딘지 모르게 긴장한 모습이었다. 그뿐만이 아니다. 클란의 눈동자 안쪽에서 반짝이는 빛이, 격식 있는 말투가, 잘 훈련된 기품 있는 동작이 코타로에게는 어쩐지 다정하게 느껴졌다. 코타로는 자기가 그렇게 느끼는 이유를 알 수 없었기에 혼란스러웠다.

'짚이는 게 있다면 이것 정도인데…….'

생각되는 바를 꼽는다면 지금도 잡고 있는 이 손이리라. 노부인과 만난 횡단보도에서 이미 몇백 미터나 이동했다. 그러나 클란은 여전히 손을 놓지 않았다. 코타로도 똑같이 손을 놓으려 하지 않았다. 코타로는 본디 타인과 교류함에 있어 결정적인 한 발짝을 내딛지 못하는 경향이 있는데, 어째서인지 지금은 그럴 마음이 들지 않았다. 그 점도 신기했다.

"벨트리온, 제 얘기 듣고 있나요?"

"어? 아, 듣고 있어, 듣고 있어. 저 우체통이 있는 곳에서 꺾는다고?"

"……무슨 생각을 그렇게 골똘히 하고 있었죠?"

"글쎄, 섬세한 문제라서 어떻게 해야 좋을지 고민하고 있었지."

"당신이 하는 고민치고는 드문 종류의 고민이군요? 후후후……."

사실 클란은 코타로가 어떤 생각을 하는지 눈치챘다. 그러나 모르는 척했다. 섬세한 문제인 건 분명했다. 그리고 그녀 자신이 그 이상의 행동에 나설 용기가 없었다. 이 정도가 최선이었다.

'말로 표현하려고 하면 갑자기…… 얄미운 말이랄까, 쓸데없는 말이 튀어나오려고 한단 말이지. 좋아, 그렇다면…….'

코타로는 클란과 얘기를 할 때면 자기도 모르게 놀리는 식으로 말하는 경우가 많았다. 하지만 지금, 이 순간에는 그러는 것은 적절하지 못하다고 생각했다. 난처해진 코타로는 말로 표현하기를 관두고, 대신에 클란의 손을 더 세게 쥐었다.

"아……."

그러자 클란의 입에서 자그마한 한숨이 흘러나왔다. 그리고 그녀의 눈동자에서 눈물이 주르륵 흘러내렸다. 그녀는 불안했다. 코타로가 어떤 반응을 보일지. 그리고 코타로는 손을 세게 쥐어주었다. 그게 진심이었기 때문에 클란은 크게 안도했다.

"……울지 마. 내가 울린 것 같잖아."

"다, 당신이 울렸잖아요. 제가 얼마나 불안한 마음으로 기다리고 있었는지 아시나요?"

"네가 번거롭게 구니까 그렇지."

"그, 그건…… 말로 하면, 분위기가 이상해질 것 같아서 그랬던 것이어요."

"무슨 심정인지 알아. 나도 뭔가…… 너한테는 괜히 한마디 더 보태게 될 것 같았거든."

코타로는 쓴웃음을 지었다. 역시 이제까지 겪은 일 때문에 말투가 이 모양이었다. 혹은 코타로의 성격이 영향을 끼쳤을지도 모른다. 어쨌거나 말로 하지 않아야 코타로도 클란도 솔직해질 수 있는 듯했다. 둘 다 자기들이 답답하게 굴고 있다는 걸 잘 알았지만, 좀처럼 고치기가 쉽지 않았다. 그래서 클란도 코타로를 따라 웃었다.

"그런데 말로 했다면 어떤 식으로 말했을까요?"

"더우니까 손 놓으라거나, 뜬금없이 왜 우냐, 얼른 가자고 했겠지. ……넌?"

"그런 말을 들었다면…… 제가 할 말이라고 하거나, 깜빡했을 뿐이지 아무 의미 없다고 했겠죠. 아니면 눈에 먼지가 들어갔다고 하든지……."

"……그럼 평소처럼 말싸움을 했겠군."

"티어밀리스 씨처럼 몸싸움을 할 수 있다면 좋겠지만……."

"그렇게 할 수 없어서 이렇게 된 건가."

"맞아요, 이렇게 된 것이죠. 후후후후……."

똑같이 싸움으로 발전하기 쉬워도 티아라면 주먹다짐을 하는 와중에 감정의 골이 메워진다. 하지만 그렇게 할 수 없는 클란에게는 손을 잡아주는 게 나쁘지 않은 방법이었다. 고집을 부리느라 말과 감정이 엇갈려도 이렇게 한다면 그 엇갈림을 해결할 수 있을 것이다. 그리고 클란이 이 방법을 터득하게 되면서 두 사람의 관계가 또 한 발짝 나아갔다고 할 수 있으리라. 티아와 비슷하거나, 혹은 더 멀리까지도.

"앗! 도착했사와요, 벨트리온."

"여기구나……."

그때 두 사람은 목적지에 도착했다. 그곳은 전자부품 전문점으로 가게 안에는 저항이나 트랜지스터 등등 코타로는 용도조차 모르는 작은 부품들이 빼곡하게 진열되어 있었다. 클란이 종종 들르는 단골 가게였다.

"와아……."

클란이 쇼윈도로 달려갔다. 평소에는 코타로 뒤를 따라갈 때가 많은 클란이 이때는 그의 손을 잡아끌고 그쪽으로 갔다. 그렇게 할 만큼 흥미로운 물건이 그곳에 진열되어 있었다. 그래서 코타로도 클란과 함께 쇼윈도를 들여다보았다.

"호오, 그런 쪽 기계치고는 분위기 있네."

"그렇죠? 이건 진공관을 쓴 라디오여요. 옆에 있는 건 똑같이 진공관을 쓴 음악용 앰프고요."

클란은 라디오와 앰프 조립 키트를 보며 눈을 빛냈다. 전부 진공관을 사용하는 극히 단순한 설계라서 사실 기술적으로는 클란에게 도움 되는 물건이 아니었다. 하지만 목제 케이스에 진공관 여러 개를 굴뚝처럼 세워놓은 디자인은 시선을 확 끌어당겼다. 빈티지 가구로 통할 법한 분위기 있는 디자인이었다.

"이런 건 나무 서랍장 위에 올려놔도 괜찮을 것 같군."

"의외로 센스가 있군요?"

"잠시 과거의 포르트제에서 지냈잖아. 그때 좀 터득했지."

"아하, 과연 그럴 만하네요. 우후후후……."

코타로와 대화를 나누는 사이에도 클란의 시선은 쇼윈도에 꽂혀 있었다. 디자인적으로도, 전자기기의 기본이 되는 설계라는 의미에서도, 조립 키트라는 점에서도 클란의 취향에 딱 들어맞았다. 쇼윈도를 구경하는 그녀의 모습은 흡사 천진난만한 아이 같았다.

'그러고 보니 이 녀석, 가족이랑 사이가 썩 좋진 않댔지……. 어린 시절에 좋은 기억이 없으려나…….'

코타로는 예전에 클란에게서 가족 이야기를 들은 적이 있었다. 그녀가 온실 속 화초처럼 자라게 된 이유는 가족 사이가 화목하지 못했기 때문이었고, 할머니만이 유일한 예외였다. 그 할머니도 몇 년 전에 돌아가셨다. 클란은 황족이기 때문에 그런 상황에서는 아이처럼 행동할 수 있는 시기가 짧았으리라고 쉽게 상상할 수 있었다.

'그렇군. 아까 할머니께 잘해드린 것도 그 영향인가…….'

횡단보도에서 노부인을 만나고 클란은 자신의 할머니를 떠올리지 않았을까. 코타로는 그런 생각이 들었다. 그리고 지금, 클란은 쇼윈도를 뚫어지게 보고 있다. 만약 클란의 할머니가 여기 있다면 그녀는 과연 어떻게 행동했을까— 그 생각이 계기였다.

"사 줄까?"

다른 때라면 좀처럼 솔직하게 할 수 없는 말이었다. 하지만 클란의 성장 배경과 아직도 맞잡고 있는 손이, 코타로의 감정을 솔직하게 말로 바꿔주었다.

"돼, 됐거든요! 돈은 있으니까, 나중에 제가 직접—."

클란은 반사적으로 고개를 가로저었다. 평소와 똑같은 반응이었다. 하지만 그녀의 손은 달랐다. 코타로의 손을 세게 쥐고 있었다.

"됐어, 조용히 해. 내가 살 테니까 네가 만들어."

그래서 코타로는 망설이지 않고 그렇게 말할 수 있었다. 그리고 마찬가지로 강하게 클란의 손을 쥐어주었다.

"……참 제멋대로라니까요. 항상 자기 고집만 내세우고……."

클란은 불만스러운 투로 대답했다. 하지만 불만스러운 것은 내용뿐이고 어조 자체는 밝았다. 또한 얼굴에는 무척 밝은 미소가 걸려 있었다. 언어의 영역 외에서 기쁨이 흘러넘쳤다. 코타로의 의도는 제대로 전달되었다.

"글쎄, 이번만큼은 그렇지도 않은 것 같은데."

"……. 저기…… 쓸데없는 고집을 피워서 미안해요. 그리고 벨트리온…… 음, 고마, 워요……."

"그래. 그리고 이거, 진짜 편리하네."

"……종종 무선보다는 직접 접속이 더욱 정확하게 정보를 전달하는 법이어요."

"확실히 그렇군. 와하하하하!"

"후훗, 후후후후후!"

그렇게 한바탕 웃고 나서 두 사람은 함께 가게로 들어갔다. 그곳에서 산 것은 당초 목적이었던 땜납과 충동구매한 진공관 라디오. 하지만 이날 얻은 가장 소중한 것은 그 두 가지가 아니었다. 두 사람은 이날 집에 돌아갈 때까지 손을 놓지 않았다.

코타로의 탁상시계는 전지 박스 배선을 일단 제거하고 납땜을 새로 하자 멀쩡하게 작동했다. 클란의 빼어난 솜씨 덕분에 걸린 시간은 고작 10분. 물 흐르듯 거침없는 작업으로 수리를 마쳤다.

하지만 추가로 산 진공관 라디오는 이상하게도 그렇지 않았다. 조립 작업은 무척 천천히 진행되었다.

"벨트리온, 10킬로옴 저항을 주시어요."

"봉투 안에 저항만 한가득이라 숫자만 듣고는 모르겠는데."

"후후, 색으로 설명하자면 갈색, 검정, 주황색, 금색일 것이어요."

"갈검주금, 갈검주금…… 아, 찾았다. 이거구나. 여기."

"고마워요, 벨트리온."

그 이유는 간단했다. 코타로의 도움을 받고 있기 때문이었다. 하지만 코타로는 이런 쪽 지식이 전혀 없는지라 지금처럼 종종 작업이 멈췄다. 오히려 클란 혼자서 하는 게 빠를 터이며, 그러면 아마 하루도 걸리지 않아 완성할 수 있을 것이다. 실제로 작업을 시작한지 벌써 사흘째. 게다가 두 사람 모두 한가한 날에 하고 있어서 처음 산 날로부터 벌써 2주 남짓 지났다.

"애초에 진공관의 용도가 뭐야? 유리관을 보면 흐릿하게 빛나서 분위기가 있기는 한데, 그게 목적인 건 아니지?"

"진공관은 반도체가 개발되기 전에 그 역할을 맡았던 부품인데, 용도는 아주 다양하여요. 라디오에는 주로 수신한 전파를 음성 신호로 복원하거나, 그 음성 신호를 강하게 증폭하는 데 사용하죠."

"설명만 들으면 웬만한 건 진공관으로 다 할 수 있을 것 같은데."

"맞사와요. 모든 전자기기는 진공관에서 시작되었다고 봐도 과언이 아니어요."

클란은 코타로와 함께 만들기를 고집했다. 그리고 코타로에게 설명해주는 것에 시간이 얼마나 걸리든 신경 쓰지 않았다. 오히려 그러기를 바라는지도 모른다— 사흘째를 맞이하면서 코타로는 그런 결론을 내렸다. 그런 생각이 들 만큼 작업 중인 클란의 미소는 눈부셨다. 조립 작업을 다른 날로 미뤘을 때는 서운해하는 것 같았다.

"포르트제에서도 썼어?"

"네. 진공관은 포르트제에서도 백열전구 연구에서 파생됐사와요. 지구와 같은 길을 걸은 것이죠."

"그래서 너한테도 흥미로운 거구나."

"네. 자료로밖에 본 적이 없는지라…… 그리고 어쩐지 따스하게 느껴져서 좋기도 하고요."

"나도 알 것 같아. 분위기가 있지."

"우후후, 그러니까요."

그런 연유로 두 사람은 오늘도 재잘재잘 잡담을 나누면서 진공관 라디오를 조립했다. 역시 오늘도 잡담하는 시간이 더 길었고 작업은 더디게 진행되었다. 하지만 클란은 오늘도 기분이 좋았다. 시종일관 웃음이 끊이질 않았다. 그리고 코타로도 그런 클란을 보고 있으면 이상하게 즐거웠다. 둘이서 이렇게 보내는 시간이 싫지 않았다. 말하자면 지금 두 사람에게 이 조립 작업은 손을 잡는 것과 같은 의미인데, 둘 다 아직 거기까진 깨닫지 못했다. 그렇다고 해서 특별히 무슨 문제가 있는 것은 아니지만. 어쨌거나 둘만의 시간은 평온하게 흘러갔다. 지금 두 사람에게는 그것만으로 충분했다.

"클란, 목 안 말라?"

"듣고 보니 좀 칼칼하네요."

"그럼 네 것도 가져올게."

"잠시만요. 오늘은 제가 가져오겠사와요."

"라디오는 어쩌고?"

"서두를 이유가 있나요? 후후후……."

클란은 그렇게 말하며 일어났다. 라디오 조립을 시작한 후로 음료와 과자 등은 코타로가 가져왔다. 조립은 거의 클란이 하기 때문이었다. 하지만 매번 그러면 여자로서 문제라는 밸런스 감각이 작용하여 클란은 자리에서 일어났다. 그리고 클란이 문 밖으로 한 걸음 나섰을 때였다.

"꺄아아아아악?!"

클란의 몸이 크게 기울어졌다. 한참 동안 밥상 앞에서 무릎을 꿇은 자세로 작업을 하느라 저릿해진 다리가 체중을 제대로 지탱하지 못한 탓이었다. 균형을 잃은 클란은 그대로 바닥을 향해 쓰러졌다.

"클란!"

상황을 파악한 코타로는 재빨리 팔을 뻗어 클란을 받쳤다. 그 여파로 코타로도 같이 쓰러지게 되었지만, 클란이 이상한 자세로 쓰러지게 두는 것보다는 훨씬 나았다. 비교적 충격을 잘 흡수하는 다다미 바닥에서도 큰 사고는 일어날 수 있다.

"벨—."

털썩.

"—윽."

클란은 코타로에게 안긴 채 다다미 위에 넘어졌다. 서로 충격 때문에 순간적으로 숨이 막혔지만 다행히 그 정도로 끝났다.

"아야야야야야……."

"황녀 전하, 다치지는 않으셨습니까?"

2주 전에도 들었던 말. 코타로의 표정도 목소리 톤도 그때와 마찬가지로 즐거워할 때의 그것이었다. 하나 다른 점이 있다면 목소리가 바로 눈앞에서 들린다는 것. 클란은 지금도 코타로의 품에 단단히 안겨 있었다.

"……아, 그게…… 고마워요, 벨트리온. 괜찮은 것 같사와요……."

클란은 몸은 괜찮았지만 마음이 괜찮지 않았다. 어쩔 수 없는 상황이긴 하지만 코타로의 얼굴이 너무나도 가까이 있었다. 부끄러워서 똑바로 바라볼 수 없었다. 두 사람의 자세도 좋지 않았다. 클란이 코타로를 위에서 덮쳐서 키스라도 하려는 것 같은 상태였다.

"조심해. 유리카도 자주 그러거든."

코타로는 딱히 이 상황을 의식하지 않았다. 사나에와의 거리감은 항상 이 정도고, 유리카는 이렇게 넘어지는 게 일상적이라서 새삼 의식할 상황이 아니었기에 평소처럼 웃었다.

"……."

이 상황에 크게 당황한 클란은 입을 꾹 다물었다. 이 거리에서 코타로와 마주 보는 것은 미칠 듯이 부끄러웠다. 그렇다고 밀쳐내고 싶은가 하면 그렇지는 않았다. 예전에 사나에게 상담받았던 것처럼 그녀는 코타로와 자연스럽게 접촉할 수 있는 거리감을 바랐다. 요컨대 이 상황이 너무나도 갑작스러웠을 뿐이다.

"……클란, 왜 그래?"

"……."

"클란?"

클란은 코타로와 눈을 마주치려 하지 않았다. 하지만 코타로 위에서 내려오지도 않았다. 다쳐서 움직이지 못하는 것도 아니었다. 그녀는 그저 얼굴을 빨갛게 물들이고 코타로에게서 고개를 돌린 채 가만히 있었다. 기묘한 행동이었다.

"……아니, 그게……."

클란의 손이 슬그머니 움직이며 코타로의 어깨 쪽 옷을 꽉 잡았다. 그때의 약간 당겨지는 듯한 감각이 코타로에게 어떤 감정을 불러일으켰다.

'유독 귀여워 보이네. 이런 클란을 보는 건 처음인데…… 아니, 2주 전에도 한 번…….'

마냥 가만히 있는 클란의 모습은 코타로에게 그런 감정을 불러일으켰다. 가슴을 꽉 움켜쥐는 듯한 감각이었다. 그리고 코타로에게서도 말이 사라졌다. 괜한 말을 꺼냈다가 시금 이 시간이 끝나는 게 싫었다.

"……."

"……."

계속 이대로 있으려면 어떻게 해야 하는가, 계속 이대로 있게 하려면 어떻게 해야 하는가. 두 사람의 감정은 완벽하게 하나가 되었다. 하지만 그 사실을 몰랐기 때문에 두 사람은 같은 문제로 고민했다. 어떻게 하지, 어떻게 할까. 사나에나 키리하라면 그게 고민할 일이냐며 웃어버리리라. 그러나 좀처럼 솔직하게 행동하지 못하는 두 사람은 필사적이었다. 아무것도 하지 않아도 된다는 것을 이해할 수 없었다.

"……."

"……."

그로부터 시간이 얼마나 흘렀을까? 코타로에게도 클란에게도 무척 긴 시간이었고, 동시에 순식간이기도 했다. 그만한 시간이 지났는데도 두 사람의 머릿속엔 여전히 『어떡하지』가 가득했다. 그리고 『계속 이대로 있는다』가 잘 되고 있다는 사실조차 깨닫지 못했다.

"이, 있잖아 클란."

이번에도 역시 코타로가 먼저 움직였다. 두 사람은 고민은 같았지만 성격이 달랐다.

"아, 네……."

무슨 말이 나올까— 불안해진 클란은 자연스럽게 손에 힘이 들어갔다. 그러자 계속 코타로가 느끼고 있던, 어깨가 당겨지는 감각이 더욱 강해졌다.

"말로 하면 실수할 것 같아서, 행동으로 표현할까 하는데……"

"그……그래도, 상관, 없사와요……."

"그러면……."

어깨 주변을 당기는 힘을 느끼며 코타로는 양팔을 움직였다. 그리고 조금 전부터 몸 위에 올라타 있던 클란의 자그마한 몸을 살며시 안아주었다.

"……"

코타로는 아무 말도 하지 않았다. 그저 묵묵히 클란의 몸을 안아줄 뿐이었다.

"……."

클란도 말이 없었다. 하지만 대답할 필요는 있다고 생각했기 때문에 클란도 조금 행동하기로 했다.

쪽.

클란은 살짝 몸을 움직여서 말없이, 입술을 코타로의 뺨에 갖다 댔다. 그리고 그녀는 다시 원래 자세로 돌아왔다.

"……."

"……."

그 후로 두 사람은 한동안 침묵의 시간을 보냈다. 그러나 조금 전까지의 침묵과는 결정적인 차이가 있었다. 두 사람은 더 이상 초조하지 않았으며, 시선을 맞추고 웃기도 했다. 2주 전에 찾아낸 소중한 무언가가 드디어 자기 자리를 찾게 되었다.

진공관 라디오는 구매한 날로부터 3주 후에 완성되었다. 총 작업 시간은 여섯 시간 남짓. 예상 조립 시간을 크게 초과했다.

"오래도 걸렸네……."

코타로는 뿌듯함이 묻어나는 목소리로 말하며 완성된 진공관 라디오를 바라보았다. 목제 케이스와 조작용 다이얼,

그리고 굴뚝처럼 솟은 다섯 개의 진공관. 빈티지 실내등처럼 보이지만, 이것이 바로 진공관으로 작동하는 라디오였다.

"서두를 필요가 있었나요?"

클란은 가볍게 미소 지으며 코타로를 따라 라디오를 바라보았다. 동시에 클란의 손이 코타로의 손에 포개졌다. 코타로는 그 손을 쥐었다.

"없었지, 전혀."

"오히려 끝나버렸구나, 하고 살짝 아쉬운 기분마저 드네요. 후후후……."

시간이 걸린 이유는 분명했다. 조립 작업 도중에 딴 길로 새기 시작해서 작업이 지연되는 일이 많았기 때문이다. 특히 마지막 일주일이 심했는데, 부품 하나를 조립하고 20분씩 쉬는 수준이었다.

"모처럼 만들었는데 들어나 보자. 관상용으로 두긴 아깝잖아."

"정말, 감성의 감 자도 없는 남자라니까요."

"우주인이 진공관 라디오를 조립하는 시점에서 감성이고 뭐고 있겠냐."

조립이 지연된 이유는 두 사람의 관계 변화 때문이었다. 얼마 전까지 두 사람은 가까이 붙어 있으면 묘한 긴장에 사로잡혔다. 하지만 지금은 그렇지 않았다. 극히 자연스럽게 서로 얼굴을 보며 대화하고 있었다.

"당신 말이죠, 알라이아 씨에게도 같은 말을 할 수 있나요?!"

"그럴 리가 있겠어? 감성적인 분이신데."

"그렇다면 저에게도 똑같이 해주시길!"

"귀찮아. 넌 그냥 우주인이잖아."

"그 입 다무시죠, 원시인!"

그리고 두 사람은 다시 예전처럼 말다툼을 벌였지만, 그러는 동안에도 두 사람의 얼굴에서 웃음이 사라지는 일은 없었다. 그것이 가능한 이유는, 지금도 계속 맞잡고 있는 손이 과격한 말이 진심이 아님을 가르쳐주고 있기 때문이다. 다만 지금 두 사람이라면 손을 놓아도 똑같으리라. 중요한 것은 마음속으로 손을 계속 잡고 있는 것이니까.

"그래, 난 원시인이라 라디오도 막 다룬다. 우가우가~."

"앗, 잠시만요. 전지를 안 넣있사와요."

달칵, 철컥철컥, 탁

"됐어요, 원시인 씨."

"우가~."

딸깍.

코타로의 원시인답지 않은 섬세한 조작으로 라디오에 전원이 들어왔다. 그러자 스피커 부분에서 귀에 거슬리는 노이즈가 들렸다. 클란이 다이얼을 돌리자 노이즈가 사라지고 대신에 사람 목소리가 들려왔다.

『……오가사와라 제도에 강한 비가 내리겠습니다. 외출하실 때 우산을 잊지 말고 챙기셔야겠습니다…….』

"오, 잘 들린다!"

"일기예보 방송이네요."

"그나저나 진공관에서는 빛이 나는구나."

"백열전구 연구에서 파생된 기술이니까요. 참고로 빛나지 않는 진공관도 있는데, 이 제품은 일부러 빛나는 걸 썼나 보군요."

"왜 그랬는지 알 것 같아. 이 주황빛이 분위기가 좋잖아."

진공관이 발하는 주황색 빛이 라디오의 모습을 부각시켰다. 빛은 그리 강한 편은 아니라서 구식 기름 램프 같은 정취가 느껴졌다. 그 부드러운 빛이 목제로 된 본체를 밝히면서 독특한 분위기를 자아냈다.

"……생각했던 것보다 훨씬 근사하네요……."

클란은 밥상에 턱을 얹고 눈앞의 라디오를 바라보았다. 가게에서 본 전시품과는 어딘지 모르게 달라 보였다. 온기를 품은 주황색 빛과 방송이 바뀌어서 흐르기 시작한 클래식 음악 덕분인지도 모른다.

"……후후, 우후후후……."

그리고 혼자가 아니라 두 사람이 함께 만들었다는 점도 영향을 주었다. 클란은 라디오 다이얼을 돌리면서 싱글벙글 웃었다.

"기분 좋아 보이네."

"저도 가끔은 이런 때가 있사와요."
"가끔? 요즘엔 계속 기분 좋았잖아."
"그랬던가요?"
"응. 계속 싱글벙글 웃고 다니던데."
"세상에나…… 후후, 그런 제 모습을 계속 지켜봐주었다는 얘기군요?"
"……."
"후후후……."
진공관 라디오 조립은 클란이 생각했던 것보다 훨씬 즐거웠다. 그리고 완성한 지금도 여전히 즐거웠다. 다만 이제 끝을 맞이했다는 사실이 조금 아쉬웠다. 마이너스 요소는 그뿐이었다.
"그런데…… 당신은 이런 걸 조립하는 게 지루하진 않았나요?"
"남자는 기본적으로 이런 걸 좋아해."
"그렇다면 다행이네요."
"그리고 말야, 늘 신세만 지니까 가끔은 이렇게라도 보답해야지."
"고맙다는 말이 순순히 안 나와서요?"
"그렇지. 아마 그게 문제일 거야."
"용서해드리죠. 저도 고맙다는 말을 솔직하게 못 하니까요. 우후후……."

코타로와 클란의 관계는 예전에 비해 크게 변화했다. 그렇지만 하는 일이나 쓰는 말은 그대로였고, 그 이면의 감정만이 크게 변했다.

"그리고 당신…… 가끔이랄까, 요즘에는 계속 다정하더군요?"

"내가?"

"네. 계속 다정하게 대해주었사와요."

"너도 그런 내 모습을 계속 보았다는 거군."

"네, 후후후……."

"그럼 가끔은 폭력적으로 가 볼까?"

코타로는 잡고 있던 클란의 손을 잡아당겨 몸을 가까이 붙이고 양팔을 그녀의 목에 둘러서 힘을 주기 시작했다.

"아야야야, 아프다고요!"

하지만 클란은 사실 말하는 것만큼 아프지도 괴롭지도 않았다. 말하는 데 아무런 지장이 없었고 얼굴에는 여전히 웃음이 걸려 있었다. 코타로의 팔에는 상대를 아프게 할 정도의 힘이 들어가 있지도 않았다. 무언가 다른 목적을 위해 두른 팔이었다.

"정말 난폭한 남자라니까요……."

지금의 클란은 그 사실을 똑똑히 알 수 있었다. 그리고 그게 기뻤다. 코타로의 체면을 지켜주는 게 서로에게 좋은 일이라는 것을 알았다. 그래서 입으로는 비난하면서도 손으로는 목에 감긴 코타로의 팔을 계속 어루만졌다.

"원시인이니까."

"저는 우주인이어요. 게다가 엉터리 황녀죠."

"우가~."

"꺄—! 아하하하하하, 아무리 당신이라고 해도 이 이상 행패를 부린다면 흐물텅한 녹색 곤죽으로 만들어줄 것이어요!"

최근에는 단둘이 종종 영화를 보았다. 여럿이서 보는 게 재미있는 영화를 작업 도중에 틀어두곤 했다. 그때 본 영화 속 우주인은 종종 레이저 총으로 적을 녹색 곤죽처럼 만들었다. 녹색 곤죽은 요즘 두 사람 사이에서만 통하는 은어 내지는 농담 같은 것이었다.

"어휴, 무서워라……. 그러고 보니 영화에서는 우주인에게 공격당하고 녹색 곤죽이 되는 경우가 흔한데, 그런 무기가 정말 있어?"

"효율이 너무 나빠서 만들진 않겠지만, 만들려고 하면 만들 수 있다고 봐요."

"오~ 역시 성격 나쁜 우주인이네."

"말조심하시죠, 변경의 원시인."

"우가~."

위에서 내려다보는 코타로. 아래에서 올려다보는 클란. 두 사람의 거리는 놀랄 만큼 가깝다. 조금만 고개를 움직이면 키스할 수 있을 정도로. 하지만 두 사람은 과거와는 다르게 이 거리에서도 차분했다. 말로 표현하지는 않아도, 서로 눈 앞의 상대를 세상에서 제일 신뢰할 수 있는 사람이라고 생각하니까.

"우가~ 우가~."

"그렇게 조심스럽게 안 건드려도 라디오가 고장 나진 않사와요."

"우어……."

"요즘 알게 된 건데, 당신은 제가 소중히 여기는 건 과하다 싶을 정도로 조심스럽게 다루더군요?"

"……우……."

"당신이란 사람은 정말…… 후후후후……."

그리고 두 사람은 한동안 그 자세로 이야기를 나누었다. 화제는 어제 있었던 일이나 책에서 읽은 내용 등, 특별히 의미가 있는 건 아니었다. 그래서 화제는 탈선을 반복하며 어느새 전혀 관계없는 이야기를 하게 되었다. 지금 두 사람에게는 화제보다도 대화라는 행위 자체에 의미가 있었다.

"좋아, 갈까."

그런 상태였기 때문에 대화의 끝도 갑작스러웠다. 창문으로 저녁을 알리는 주황색 빛이 들어올 무렵. 코타로는 팔을 풀고 클란을 놓아주었다. 놓아주었다고 해도, 한참 전부터 팔에는 힘이 전혀 안 들어가 있었지만.

"어라, 어디로요?"

클란은 아쉬운 듯했다. 그녀는 시간이 허락하는 한 계속 잡담하고 싶었다. 그래서 그녀는 뺨을 부풀리며 코타로의 무릎 위에서 움직이려 하지 않았다.

"그 가게 말야."

"그 가게? 어떤 가게 말인가요?"

"그 라디오를 산 가게."

"뭐 하러 가는데요?"

"너, 은근히 눈치가 없구나."

"잘난 척하지 말고 가르쳐주시죠."

"진공관 앰프를 사러 가자고."

"앰프를…… 그건 또 왜요?"

"진짜 눈치 없네……. 오늘로 끝내도 되겠냐고 묻는 거잖아."

"앗……."

클란은 그제야 코타로가 하는 얘기를 이해했다. 라디오와 마찬가지로 둘이 함께 앰프를 조립하자는 이야기였다. 그리고 지금까지 잡담을 나눈 것과 마찬가지로 사실은 무엇을 조립하느냐는 큰 문제가 아니었다. 코타로는 그 일을 계속할 것인지 클란에게 묻고 있었다.

"그, 그래도 괜찮겠어요? 앰프는 조금 더 비싼데……"

"갖기 싫어?"

"갖고 싶어요! 엄청요! 그래도 앰프만이 아니라 레코드플레이어 같은 것도 필요하니까, 덜컥 사기는……."

진공관 앰프를 활용하려면 거기에 연결할 레코드플레이어나 스피커가 필요하다. 단독으로 쓸 수 있는 라디오와 다르게 돈이 추가로 들어간다. 클란은 그 점을 미안하게 생각했다.

"돈 걱정은 하지 마. 중요한 순간에 쓰려고 모아뒀으니까."

코타로는 아르바이트를 시작했을 즈음부터 급료를 대부분 저금해 왔다. 평소에 조금씩 낭비하는 것보다는 필요할 때 시원하게 쓰는 게 유익하다고 생각하기 때문이다.

"지금이…… 중요한 순간인가요?"

클란은 불안한 듯했다. 과거의 클란은 언제나 자기 자신의 가치에 절대적으로 자신이 있었다. 하지만 많은 경험을 쌓고 성장한 그녀는 자신의 가치에 불안함을 느끼곤 했다. 아직 훌륭한 황족이 되려면 멀었다고 생각했다.

"그럼 아니야? 지금보다 더 중요한 순간은 웬만해선 없을 것 같은데."

지금의 자신과 클란을 위해서라면 돈을 쓸 의미가 있다. 낯 뜨거워서 좀처럼 할 수 없는 말이었지만, 코타로는 용기를 내어 한 발짝 앞으로 나아갔다.

"그러네요……. 중요한 순간이죠, 무척이나!"

클란도 마찬가지였다. 그녀도 이제는 무엇이 소중한지 알고 있었다.

"그럼 준비해. 바로 출발하자고."

"네."

클란은 계속 이야기를 나누고 싶어서 코타로의 무릎 위에 앉아 있었다. 그런 그녀가 용수철 인형처럼 벌떡 일어났다. 너무 힘차게 일어나는 바람에 그녀의 긴 머리카락이 채찍처럼 코타로의 얼굴을 때릴 정도였다.

"아야야…… 좋아하는 건 알겠는데, 좀 진정해."

"진정할 수 없사와요! 당신이 저를 이런 사람으로 만들었으니까, 끝까지 책임지시길!"

"……분부를 받들겠습니다, 마이 프린세스."

"자, 그럼 가요."

"예이, 예이. 분부대로 합죠."

그렇게 두 사람은 106호실을 뒤로 했다. 음악용 앰프 조립 키트를 사러 가는 것뿐이지만, 이때 클란의 모습은 전혀 그렇게 보이지 않았다.

'마치 약혼반지라도 사러 가는 것 같네요…….'

이 순간 클란의 모습이, 또 하나의 클란의 눈에는 그렇게 보였다. 그리고 그때 본 두 사람의 모습이 꿈을 통해서 엿본 다른 세계의 마지막 광경이었다.

눈을 뜬 클란이 처음으로 본 것은 지어진 지 20년이 지난 다세대 주택 특유의 낡은 나무 천장, 그리고 자신을 내려다

보는 한 소년의 모습이었다.

"클란, 일어났어?"

"음…… 벨트리온?"

"그 모습을 보니 마지막에는 나쁘지 않았나 보네."

"아, 그게……."

클란은 누운 채로 코타로를 올려다보며 머리를 굴렸다. 하루미 때와는 다르게 중간에 눈을 뜬 게 아니라서 클란이 잠꼬대를 하는 일은 없었다. 그리고 현재 상황과 꿈속에서 본 일을 순서대로 떠올려 보았다.

'벨트리온에게 잠든 얼굴을 계속 보여주었네요…….'

그 와중에도 그 일이 계속 머리 한구석에 남아 있었다. 그러나 클란은 이제 잠든 얼굴을 보여준 정도로는 당황하지 않는다. 물론 여전히 부끄럽기야 했지만, 그걸 허용할 수 있는 관계라고 믿을 수 있게 되었다.

"……처음에는 난리도 아니었사와요. 저의 부끄러운 모습을 끝없이 보여주는 퍼레이드였죠."

"그런 것 같더라. 네가 잠들고 얼마 안 돼서 미간에 이렇~게 주름이 생겼거든."

"그렇게 심한 표정이었나요?"

클란은 볼에 손을 대고 살짝 뺨을 붉혔다. 여자아이로서 그런 못난 표정은 보여주고 싶지 않았기 때문에 부끄러웠다.

"아마도. 그렇게 오래 가진 않아서 제대로 보진 못했어."

“헤에…… 역시 시간 감각에는 간극이 있군요.”

“그런 것 같아. 건너편 세계의 규칙을 정한 사람이 있으니까, 정확한 정보가 궁금하면 가서 물어봐.”

“필요 없사와요. 저는 모든 수수께끼의 답을 자유롭게 알아내는 건 아무것도 모르는 것과 마찬가지라고 생각하거든요.”

“역시 직접 알아내야 만족하는 거야?”

“네. 쉽게 말하자면…… 그렇지. 누군가에게 그것이 옳다는 말을 듣고 관계가 개선된 게 아니잖아요? 저랑 당신은…….”

“그래…… 우리의 경우엔 과정이 중요했지.”

코타로도 그녀가 하는 말을 깊이 공감할 수 있었다. 클란과의 화해, 다른 소녀들과의 화해. 이는 답을 알고 있다고 해서 할 수 있는 일이 아니다. 오히려 모르기 때문에 자연스럽게 서로 손을 잡을 수 있었다.

“과학도 거의 그렇사와요. 전에도 얘기했지만, 진공관도 백열전구 연구에서 파생된 기술이랍니다?”

“진공관?”

코타로가 고개를 갸우뚱했다. 이때 코타로의 의아한 표정을 보고 클란은 아차 싶었다.

‘맞다, 저는 벨트리온과 진공관 이야기를 하지 않았지요…….’

진공관 이야기를 한 것은 다른 세계의 클란과 코타로. 이 세계에서는 진공관 이야기를 한 적이 없었다.

“아— 그게…… 진공관이란 반도체가 개발되기 직전까지

쓰이던 부품이어요. 백열전구를 개량하는 과정에서 태어난 기술이죠."

눈을 살짝 가늘게 뜨고 웃는 클란의 표정은 어쩐지 쓸쓸했다. 그녀는 코타로가 진공관을 모른다는 사실이 살짝 서운했다. 물론 클란도 마키나 하루미처럼 다른 세계보다 지금 자신이 사는 세계 쪽이 훨씬 익숙했다. 그러나 자신과 코타로가 진공관 라디오를 만드는 모습은 무척이나 인상적이었다.

"그러니 만약 신께서— 아니, 저기 계시지만…… 효율이 좋은 백열전구를 만드는 법을 직접 인간에게 가르쳐주었다면 진공관은 탄생하지 않았을 것이어요."

"연구 과정의 부산물이라는 거구나."

코타로는 이때 클란이 무슨 생각을 하는지 알 수 없었다. 그가 알 수 있던 것은 클란의 미소가 어둡다는 점. 그게 진공관과 관련 있다는 점이었다.

"그런데 진공관이란 게 구체적으로 뭐야?"

몇 시간 전, 유적의 소녀에게 소원을 빌어 클란과 다른 소녀들을 돌려받는 과정에서 코타로는 자신의 감정 하나를 확실히 이해할 수 있었다. 바로 그녀들의 표정에 그늘이 드리우는 게 싫다는 감정이었다. 그래서 코타로는 일단 진공관 이야기를 계속해보기로 했다.

"벨트리온……."

클란 쪽도 코타로의 속내를 알지는 못했다. 그가 무슨 의도로 진공관 이야기를 계속하려 하는지 상상하는 수밖에 없었다. 그러나 그런 클란에게도 아는 게 있었다. 코타로가 자신들을 선택했다는 것. 그리고 서툴게나마 그 감정을 표현하려 하고 있다는 것. 이를 전부 온전히 받아들이기 위해서는 자신도 행동에 나설 필요가 있다는 것. 다른 세계의 자신이 그랬던 것처럼, 코타로가 내민 손을 향해 자신도 손을 내밀어야만 했다. 그렇다, 다른 세계를 부러워할 필요는 없었다. 그곳과 같은 일은 이 세계의 클란과 코타로에게도 틀림없이 일어날 터였다. 이미 그만한 인연은 구축되어 있었다. 이제 약간의 용기만 내면 될 뿐이다. 그래서 클란은 미소 지었다.

"구조적으로는 백열전구와 거의 같사와요. 차이점은 선이 발광부 가까이에 있고, 그 흐름을 발광부 쪽에서 제어할 수 있다는 것이죠."

"백열전구라는 이름을 생각해보면…… 전구가 뜨거워지면 다른 선 쪽에서 전기가 흐르는 건가?"

"웬일로 예리하군요. 정답이어요. 그럼 다음 단계를 상상해 보시길. 더욱 뜨거워지면 어떻게 될까요?"

"……많은 전기가 흐른다?"

"명답이어요. 그런 성질을 이용해서 전기를 증폭하여 흐름을 조정하는 것이어요. 전자기기의 기초죠."

"설명을 들으니 음량을 키우는 데 쓰일 것 같네."

"오늘따라 정말 이해력이 좋은걸요? 정확하여요."

그리고 두 사람은 알고 있는 게 하나 더 있었다. 바로 어떤 일이든 일단 해봐야 한다는 것. 심심풀이든 수다든 상관없다. 진공관의 발명처럼 뜻밖의 부분에서 새로운 게 튀어나올지도 모르니까.

그리고 시간이 흘러 달력의 날짜가 5월로 바뀌었다. 코타로 일행은 4월 5일 사건과 이에 관련된 기억을 선부 소거했다. 그러는 편이 스무스하게 원래 생활로 돌아갈 수 있으리라고 판단했기 때문이다. 반면에 마이너스 요소도 있었다. 바로 다른 세계를 들여다 본 기억까지 지워진 것이었다.

"요즘 만날 갖고 다니는 그거, 대체 뭐야? 전구?"

"이거요? 진공관이어요."

"진공관이 뭔데?"

"진공관이란 반도체가 개발되기 직진까지 쓰이딘 기술이어요. 백열전구를 개량하는 과정에서 태어난 기술이죠."

코타로 일행의 기억 속에서 3월 말부터 4월 5일까지는 아무 일도 없는 평범한 날로 수정되었다. 그래서 4월 5일에 했던 『다른 세계 엿보기』라는 행위에 관련된 기억도 지워졌다.

본인들은 알 길이 없지만, 결과적으로 같은 대화를 반복하는 상황도 생겼다. 실제로 클란은 지금 코타로에게 진공관에 관한 설명을 또다시 했다.

"……진공관이 뭔지는 알겠는데, 그런 걸 갖고 다니면 망가지는 거 아냐? 섬세해 보이는 부품인데."

"사실은 벌써 고장 났사와요."

"뭐라고?"

"고장 나서 교체한 건데, 왠지 쉽게 버릴 수가 없어서……."

"무슨 기분인진 알겠네. 나도 옛날에 쓰던 방망이를 못 버리는 편이거든."

"의외로 로맨티시스트— 아니, 애초에 당신이란 존재가 로망 그 자체군요."

"의외로 로맨티시스트, 는 내 쪽에서 할 말이로군. 아무튼 거기에 뭐 깊은 의미라도 있어?"

"실은 얼마 전에 진공관 라디오에 관한 꿈을 꾸었사와요. 무척 멋진 꿈이라서, 기원하는 의미를 담아서 저도 진공관 라디오를 샀답니다."

"기원……? 아, 그래. 그러고 보니 다들 전에 그런 얘기를 했었지."

다른 세계를 엿본 코타로와 소녀들은 그 기억을 완전히 잊는 게 아쉽다고 생각했다. 그래서 그들은 유적의 소녀에게 부탁해서 『우연히 그런 꿈을 꾸었다』라는 것으로 처리했다.

그래서 코타로 일행은 흐릿한 꿈이라는 형태로 다른 세계를 기억하게 되었다. 그것은 비록 현실은 아니지만 행동의 지침은 되었다. 그래서 클란은 진공관 라디오를 샀다. 하루미가 손목에 리본을 묶거나 마키가 헤드폰을 산 것과 같았다.

"당신, 조금 더 우리를 주목하는 게 좋을 걸요?"

여자의 변화에 둔감한 코타로를 클란은 날카롭게 째려보았다. 어느 세상에서나 여자는 둔감한 남자에게 가차 없다.

"최대한 그러려고 하는데, 익숙하지 않다 보니 쉽지 않네."

"어머…… 웬일로 순순히 인정하는군요?"

예전의 코타로라면 반박했겠지만 — 클란을 상대로는 특히 더 — 이때는 이상하게 그러지 않았다. 조금 놀란 클란은 안경 너머의 눈을 동그랗게 떴다.

"꿈이라면 나도 조금 인상적인 걸 꿨거든. 돌아가신 어머니께 혼나는 꿈이었어."

"어떻게 혼났는데요?"

"대강 요약하면 남에게 좀 더 친절해지라는 말씀이었지."

코타로는 그렇게 말하며 어깨를 으쓱했다. 꿈을 꾼 후에 자신의 생활을 냉정히 돌아본 코타로는 자신이 여러 면에서 소녀들에게 부담을 끼치고 있다는 사실을 깨달았다. 클란 같은 경우에는 여러 번 화나게 했다. 그것은 코타로의 어리광이기도 했지만, 어쨌든 지나친 건 좋지 않다고 생각해서 마음을 고쳐먹었다. 이번에 반박하지 않은 것도 그 일환이다.

"그래서 마음을 고쳐먹었다?"

"응. 완전히 고쳤다 할 정도까진 아닐 수도 있지만, 방향은 대충 그래."

"하지만 생활 방식을 바꾸는 건 꽤 어렵죠?"

"그렇더라."

생각을 바꾸더라도 몸에 밴 행동까지 바꾸기는 어렵다. 예를 들면 아직도 반사적으로 클란의 화를 돋우는 말을 하곤 했다. 시간이 지나면 차차 변하겠지만, 아직은 출발선을 막 벗어난 정도. 소녀들의 기대를 충족시켜주는 수준은 아니었다.

"그럼 어쩔 수 없군요. 열심히 노력하고 있는데 잘 안 된다면 나무라는 건 가혹한 처사이지요."

"관대한 말씀 감사합니나, 황녀 전하."

"후후후, 꼭 이럴 때만…… 후후……."

"변했다는 얘기가 나와서 말인데, 너희도 좀 변한 것 같아."

"어떤 식으로요?"

"으음…… 설명하긴 어려운데, 뭐랄까…… 태도가 예전보다 부드러워진 것 같은? 그런 느낌……."

"후후, 다소 변하는 게 있어야 기원하는 의미가 있으니까요."

"기원, 기원이라…… 어떤 기원인데?"

"제 경우에는…… 용기일까요."

클란은 턱에 손가락을 대고 잠시 생각에 잠겼다가 그런

결론을 내렸다. 기원의 이유는 소녀마다 다르다. 클란의 경우에는 용기였다.

"넌 용기는 충분한 것 같은데."

코타로는 고개를 갸웃했다. 코타로는 이제까지 클란이 당황하는 모습은 여러 번 보았지만, 겁먹은 모습은 본 적 없었다.

"그런 용기를 말하는 게 아니어요."

역시 코타로는 아직 여자라는 존재를 제대로 이해하지 못한다. 앞으로의 성장을 기대해 볼 만하다— 클란은 그렇게 생각하며 쓴웃음을 지었다.

"그럼 어떤 용기인데?"

"그건……."

클란은 쓴웃음을 지우고 자신의 손으로 시선을 떨구었다. 망가진 진공관. 기원하는 의미로 산 라디오의 일부. 클란은 잠시 그것을 바라보다가 말을 이었다.

"……그건, 이런 용기랍니다."

그리고 그녀는 비어 있는 손으로 코타로의 손을 쥐었다. 손과 손을 잇는, 무척이나 간단한 행위. 사나에나 키리하는 일상적으로 하는 행위다. 하지만 클란은 그렇지 않았다. 이제까지 앞을 가로막았던 수많은 장애물을 뛰어넘고, 필사적으로 용기를 쥐어짜서야 겨우 여기에 이르렀다. 그녀에겐 결코 쉬운 일이 아니었다. 그렇기에 코타로를 올려다보는 클란의 눈동자는 열심히 무언가를 호소했으며, 뺨도 붉게 달아올랐다. 그리고 지금 막 잡은 손에는 힘이 세게 들어갔다.

"클란……."

"필요할 때, 필요한 일을 할 수 있는…… 그런 용기요."

"용기, 라……."

필사적인 클란의 모습, 손에서 느껴지는 힘과 온기. 넓게 보면 코타로와 클란의 고민은 같은 것일지도 모른다.

'용기. 누군가가 호의를 보였을 때 그것을 받아들일 용기. 분명 내게도 필요하겠지…….'

코타로가 마음 깊은 곳에서 타인을 거부하며 다정하게 굴지 못한 것은 그럴 용기가 없었기 때문일 터다. 그래서 코타로도 클란과 똑같이 행동했다. 잠시 진공관을 바라보다가 클란의 손을 쥐었다.

"벨트리온……."

클란의 눈이 크게 뜨였다. 이 결과를 기대하기는 했지만 확신은 없었다. 그래서 여느 때보다도 용기가 필요했다. 클란은 깊이 안도했다.

"……."

"당신도 제 손을 쥐어주었군요……. 늘 짓궂기만 하니까, 조금…… 조금……."

"……."

코타로는 아무 말도 하지 않고 손을 더 세게 쥐었다. 입을 열면 이상한 소리가 나올 것 같았다. 그런 면을 보면 코타로는 역시 코타로. 다른 세계의 코타로와 사정은 똑같았다.

"얼른 가자. 가게까지는 얼마 안 걸리지?"

"저기 우체통이 보이지요……? 저 코너에서 오른쪽으로 꺾으면 우리가 갈 가게가, 이, 있사와요……."

오늘 두 사람의 목적지는 전자부품 전문점이었다. 이 세계 코타로의 탁상시계는 잠든 코타로의 발에 채이는 빈도가 낮아 전지 박스가 이제야 고장 났다. 목적은 역시 수리용 땜납을 사는 것이었다.

"울지 마. 내가 울린 것 같잖아."

"당신이 울렸잖아요."

"자기가 먼저 울기 시작했으면서."

울음을 터트린 클란의 손을 잡고 코타로는 우체통이 있는 코너를 돌았다. 그리고는 몇 걸음 더 걷자 그 가게가 나왔다. 틀림없었다. 쇼윈도에는 클란이 손에 쥐고 있는 진공관을 사용한 라디오가 진열되어 있었다.

"진공관 라디오도 여기에서 산 거야?"

"……맞, 아요……. 분위기 있는, 디자인이고…… 근사해서……."

"이런 건 나무 서랍장 위에 올려놔도 괜찮을 것 같네."

"의외로…… 센스가 있군요?"

클란은 이때 이상한 기분이 들었다. 어디선가 코타로와 같은 대화를 나눈 듯한 기분이었다. 그것은 다른 세계의 클란과 코타로가 나눈 대화였다. 하지만 이곳에 있는 클란은 그 것이 모호한 기억으로 남은 상태라 결국 이유를 알아내진 못했다. 하지만 그 감각에는 클란이 미소를 되찾을 만한 힘이 들어 있었다.

"잠시 과거의 포르트제에서 지냈잖아. 그때 좀 터득했지."

"아하, 과연 그럴 만하네요. 우후후후……."

눈물을 닦고 웃음을 되찾은 클란은 쇼윈도 안을 들여다보았다. 시선 끝에는 진공관 라디오, 그 옆에는 진공관 앰프가 있었다. 그녀는 그것들을 자기 방에 두는 상상을 하며 즐거워했다. 코타로는 그런 클란을 보다가 그녀에 대한 어떤 의문이 떠올랐다.

"저기, 클란……."

"네, 왜 그리시죠?"

"……아니, 아무것도 아니야."

"이상한 사람이네요."

"네가 할 소리야? 너야말로 상당히 이상하거든."

"희한하네요. 손을 꽉 잡고 있으니까, 심술궂게 굴어도 다르게 느껴져요."

"윽……."

하지만 코타로는 결국 클란에게 아무 질문도 하지 않았다. 입을 열기 직전에 질문하는 의미가 없음을 깨달았기 때문이다. 그래서 코타로는 클란에게 아무 말도 하지 않고, 진공관 앰프 조립 키트를 사서 돌아왔다. 그리고 두 사람은 몇 주에 걸쳐 그것을 조립했다.

코로나 육전규정

NEW! 2011/4/5

특례 제3조

평행세계의 기억 일부를 『그런 꿈을 꾸었다』라는 형식으로 남기되, 4월 5일 코로나장을 방문한 고양이 세 마리의 기억은 조작하지 않는다.

특례 제3조 보충

그렇군, 엄밀히 따지자면 이 녀석들의 기억도 지워야 한다는 거군. 애옹~? 그럴 수가, 사토미 군, 어떻게 안 될까요?! 진정하시어요, 마키. 그래서 아까 키이가 세 번째 특례를 추가했답니다. 네엣? 후후후후, 나도 이 고양이들에게 무시당하는 건 슬프거든. 키리하 양, 고마워요! 냐앙~?

■작가 후기

여러분, 오랜만입니다. 작가 타케하야입니다. 이번에도 무사히 『단칸방의 침략자!?』 33권을 보내드렸습니다. 이번에는 드라마 CD 포함 특장판 작업도 있어서 정신이 좀 없었지만, 다행히도 무사히 발매하게 되었습니다. 이 후기를 읽고 계신 분이 어느 쪽을 사셨는지는 모르겠지만, 즐겁게 읽어 주셨으면 좋겠습니다.

이번에도 하고 싶은 얘기가 많은데, 우선 특장판, 드라마 CD 얘기부터 시작하겠습니다.

이번 드라마 CD도 저번과 마찬가지로 『단칸방의 침략자!?』 10주년 기획의 일환으로, 감사하게도 BOOK☆WALKER의 주도로 제작하게 되었습니다. 구체적으로 설명하자면 BOOK☆WALKER 공식 사이트에서 투표를 진행하여 주요 여성 캐릭터 아홉 명 중에서 이 드라마 CD의 주인공을 선출하는 형식이었습니다. 그 결과 주인공으로 뽑힌 인물은 마키. 다음이 클란이었죠. 그래서 드라마 CD는 마키가 주인공이고, 33권의 중편은 클란이 주인공이 되었습니다. 역시 애니메이션 진도에서 동료가 아니었던 두 사람이 강세였던 모양입니다. 일단 둘 다 예전 인기투표에서는 상위권이 아니었죠. 그리고 클란은 최초의 드라마 CD에서 이미 동료가 된 모습을 묘사했으니 마키가 이기지 않았을까 합니다. 결과만 두고 보면 캐릭터의 인기는 그리 큰 차이가 없는 듯합니다. 『동료가 된 후의 이야기를 듣고 싶다』라는 요청이 추가되었을 뿐이고 결과가 뒤집힐 정도의 차이는 아니었으니까요. 실제로 4위 밑으로 득표수가 배 이상 차이 나는 결과는 없었습니다. 보아하니 투표에서 무엇을 묻느냐에 따라 결과가 달라지는 것 같네요. 이번에는 『드라마 CD 주인공으로 누가 좋을까』 였는데, 『결혼하고 싶은 인물은 누구인가』, 『사귀고 싶은 인물은 누구인가』, 『같이 살고 싶은 인물은 누구인가』, 이런 거라면 또 달라졌으리라 봅니다. ……유리카는 단순한 인기투표로는 상위권이지만, 같이 살고 싶은 인물 투표에서는 하위권이겠죠(웃음).

이렇게 이번 드라마 CD 주인공이 마키로 결정되었는데, 사실은 여기서부터 고생길이 시작되었습니다. 마키는 등장 캐릭터 중에서 제일 진지한 아이라 연애 쪽으로 관계를 발전시키려면 그녀가 납득할 수 있는 적절한 과정을 거쳐야만 합니다. 쉽게 말해서 아무래도 시간이 많이 걸린다는 뜻이죠. 그것을 어떻게 드라마 CD라는 틀 안에(최대 75분) 담을 것인가, 그게 문제였습니다. 그래서 저는 고민 고민 끝에 쥐어짜낸 것이 아기 고양이 『고로네』였습니다. 말썽쟁이 아기 고양이가 진지함을 유지하려고 하는 마키를 강제로 탈선케 하는 것이죠. 그 부분을 결정하고 나자 이후로는 순조로웠습니다. 우선 제가 드라마 CD용으로 중편 소설을 쓰고, 그것을 TV 애니메이션에서 각본을 담당하신 야스카와 쇼고 씨에게 보내서 드라마 CD용 각본을 받았습니다. 음성 녹음도 애니메이션 성우와 제작진이 재집결하여(재집결 하게 된 것도 사실은 굉장한 일입니다) 무사히 특장판용 드라마 CD가 완성되었습니다.

수록 때는 저번 화의 하루미·알라이아 역의 타카모토 메구미 씨에 이어 마키 역의 키토 아카리 씨께서 많이 고생하셨습니다. 애초에 애니메이션은 7권 중반 분량에서 마무리되었는데, 그로부터 한참 지나 33권의 마키를 연기해야 했으니 감정선이 잘 이해되지 않으셨을 겁니다. 심지어 마키가 서서히 변화하는 흐름을 짧은 시간 내에 표현할 필요까지 있었죠. 무모한 주문을 해서 정말 죄송했습니다. 하지만 독자 여러분께서 친해진 후의 마키의 목소리를 듣고 싶다고 하셔서 어쩔 수 없었습니다(면죄부). 그러니 그저 감사할 따름입니다, 키토 아카리 씨.

참고로 하트 인베이더 네 명+키토 아카리 씨는 애니메이션 때와 비교하면 외모와 분위기가 완연히 어른스러워지셨

더군요. 하지만 키는 그대로였습니다. 사람은 20대 까지는 키가 클 가능성이 있다고 하는데, 그분들에게는 없었던 모양입니다. 그런데 내면은 별 변화가 없더군요. 오랜만에 만나서 반가운 느낌으로 왁자지껄 떠들었습니다. 다들 건강해 보이셔서 좋더라고요. 조금 안심했습니다. 굳이 말할 것도 없겠지만, 베테랑 여러분은 그때나 지금이나 한결같으셨습니다. 역시나~ 라는 말밖에 떠오르지 않네요.

그리고 막상 완성하고 나서 깨달았는데, 이번 것은 여섯 번째 드라마 CD이고, 드라마 CD를 여섯 번이나 내는 작품이 거의 없다는 점입니다. 그만큼 독자 여러분의 지지와 더불어서 제작진, 출연 성우 여러분께 많은 사랑을 받았다고 할 수 있겠죠. 그러니 10주년을 맞이하는 해에 이러한 것을 만들 수 있게 해주신 독자 여러분과 모든 관계자 여러분께 깊은 감사 말씀을 올립니다.

자, 이제 33권 자체에 대해 이야기를 해볼까요. 이 33권은 HJ문고의 웹사이트 『읽을 수 있다! HJ문고』에 게재된 『단칸방의 침략자!? 헤라클레스!』의 단편 세 개와 새로 쓴 중편을 한 권으로 합친 구성입니다.

단편은 『두뇌파 정상 결전!! 영문 모를 코타로의 위기?!』, 『병아리 데이즈』, 『추억의 장소에서』 세 편. 타임스탬프를 보면 각각 2017년 1월, 3월, 5월에 집필한 것입니다. 그렇다면

25권이 나온 직후에 썼다는 얘기고, 25권은 이미 포르트제 이야기를 그렸으니까 아직 포르트제에 가지 않은 시기의 이야기를 썼을 겁니다. 다시 말해 20권 이전+헤라클레스 권인 23권 정도 즈음의 이야기라고 할 수 있겠네요. 상당히 예전입니다. 그래도 이 시기는 소녀들의 감정이 확고해지는 시기이니까 현재와 큰 차이는 없을 것 같기도 합니다. 겉으로는 솔직하지 못해도 내면은 확고하다는 느낌이네요.

그리고 이어지는 중편은 『증폭회로에 관한 이모저모』라는 제목을 붙인, 코타로와 클란이 연인이 되면 이렇게 된다는 이야기입니다. 기본적으로 황소고집인 데다 솔직하지 못한 코타로와 클란은 가까워지기 전까지 우여곡절을 겪습니다. 그 애가 타는 느낌을 즐겨주시면 감사하겠습니다. 아, 만약 드라마 CD로 만든다면 클란을 맡으신 성우 타무라 유카리 씨가 고생……하지 않을지도 모르겠네요, 그분은. 왠지 태연하게 해내실 것 같습니다. 녹음 현장에서 뵌 타무라 유카리 씨는 프로 스나이퍼 같은 분이었는데, 제작진이 요구한 것 이상의 연기를 쉽게 해내시고 당당하게 떠나셨죠. 아, 그런데 장난기도 많으신 분이거든요. 이번 드라마 CD에 길고양이가 몇 마리 나오는데, 그중에 타무라 유카리 고양이가 섞여 있을 겁니다, 아마도. 길고양이는 엑스트라 캐릭터 취급이라서 신청을 받았는데, 그때 하겠다고 해주셨죠. 그러니 정리하자면, 장난스러운 스나이퍼이십니다. 아, 그렇지. 길고양이 역할, 의외로 인기가 많았답니다. 다들 하고 싶어 하시더라고요(웃음).

이번 권에서 전할 이야기는 이 정도일까요. 그럼 계속해서 다음 권 이야기로 넘어가겠습니다. 저번 권 후기에도 조금 언급했는데, 다음 권은 지저의 영자력 기술에 대해 다룹니다.

반달리온 일파는 원래 에우렉시스를 통해서 영자력 기술과 마법을 일부 사용했는데, 그것을 제대로 이해한 것은 아니고 DKI의 신기술 정도로 받아들였습니다. 하지만 현재 코타로 일행이 상대하는 잔당은 이미 그것을 이해하고, 진정한 의미에서 기술을 손에 넣으려고 합니다.

다음 34권에서는 그들이 그 첫걸음으로 지저 기술 입수를 시도하는 이야기가 전개됩니다. 물론 코타로 일행은 그것을 저지하기 위해 움직이고요. 하지만 상대는 지금까지 겪어보지 못한 냉정하고 용의주도한 자들입니다. 과연 코타로 일행은 무사히 기술 유출을 막을 수 있을까요? 전투는 단순한 힘싸움을 넘어선 영역에 돌입합니다. 기대해주세요.

이번 후기는 5페이지 이상 9페이지 이하로 써야 하니 이쯤에서 마무리 짓겠습니다. 마침 딱 좋은 지점에서 페이지를 다 썼고, 여러분께 전해드려야 할 내용도 다 전한 듯합니다. 그럼 마지막으로 평소처럼 인사드리겠습니다.

이번 권을 집필하며 신세를 진 편집부 여러분. 특장판이 나올 때는 업무량이 늘어나는데 불평 한마디 없이 작업해주신 일러스트 담당 뽀코 씨. 드라마 CD 제작 관련으로 협력해주신 각 회사 관계자 여러분과 출연 성우 여러분. 무엇보다도 오랫동안 함께 해주신 독자 여러분께 진심으로 감사드립니다. 10주년은 거의 끝나가지만, 앞으로도 계속해서 최선을 다하겠으니 여러분의 많은 응원을 부탁드립니다.

그러면 34권 후기에서 다시 뵙겠습니다.

2019년 10월

타케하야

단칸방의 침략자!? 33

초판 1쇄 발행 2023년 10월 10일

지은이_ Takehaya
일러스트_ Poco
옮긴이_ 원성민

발행인_ 최원영
편집장_ 김승신
편집진행_ 권세라 · 최혁수 · 김경민 · 최정민
커버디자인_ 양우연
관리 · 영업_ 김민원

펴낸곳_ (주)디앤씨미디어
등록_ 2002년 4월 25일 제20-260호
주소_ 서울시 구로구 디지털로 26길 111 JnK디지털타워 503호
전화_ 02-333-2513(대표)
팩시밀리_ 02-333-2514
이메일_ lnovellove@naver.com
L노벨 공식 카페_ http://cafe.naver.com/lnovel11

rokujyouma no shinryakusya!? 33
© Takehaya
illustration Poco
Original published in Japan in by HOBBY JAPAN Co., Ltd.

ISBN 979-11-278-7174-1 04830
ISBN 979-11-278-4220-8 (세트)

값 8,500원

L NOVEL
친구 여동생이
나한테만 짜증나게 군다
vol.9
작가 미카와 고스트
일러스트 토마리
15세 미만 구독 불가
NOVEL